U0025826

老哥，來。
我餵你吃，
啊～
……真拿妳沒辦法耶。
真嶋涼太
Majima Ryota
高中二年級生。
一開始誤會繼妹晶是弟弟，
結果兩人的感情急速變好！
對晶的追求感到不知所措，
還是以哥哥的身分奮鬥中！

姬野晶
Himeno Akira
高中一年級生。因為父母再婚，
而成為涼太的繼妹。
喜歡涼太，
每天都在追求他。
其實個性極度怕生。

老哥……
你看著其他女僕
在傻笑。
在校慶時角色扮演……

涼太學長，哥哥，
你們覺得怎麼樣？好看嗎？
上田陽向
Ueda Hinata
高中一年級女生，
晶的同學。
涼太的朋友光惺的妹妹。
會主動付出，愛照顧人，
也很替哥哥著想。

在戲劇社的正式演出
發生意外事故……

如果你喜歡我，
就跟我一起活下去。
直到遙遠的未來。

老哥，你用公主抱，
抱我到車站吧？

白井ムク

插畫：千種みのり

其實是繼妹。②

～總覺得剛來的繼弟很黏我～

Kadokawa Fantastic Novels

彩頁、內文插畫／千種みのり

contents

序章

Jitsuha imouto deshita.

秋意漸深的九月下旬星期日——

「啊哈哈哈，老哥超弱的～！」

「等……喂！我說不要再用連續技把人鎖在半空中！太卑鄙了！」

——我和繼妹晶像往常一樣在家裡慵懶地打著電動，完全無視外頭的季節。

「好了，第一場是我贏，完全沒失血～」

「唔！看我在第二場挽回！這次一定——」

……更正。

應該說「我被晶耍著玩」比較正確。

我們正在玩的遊戲叫作「終極武士2」通稱——「終武2」，是一款以日本幕末為舞台的對戰遊戲。

遊戲推出已經兩年，對幕末迷來說是無法抗拒的遊戲，但——

「好了，我又毫髮無傷！」

「啊嗚！居然無法造成任何傷害……抱歉了，慶喜……」

——就算是個歷史迷，也不代表很強。

都怪我太遜了，德川第十五代將軍才會毫無尊嚴地親吻地面。

畫面一轉，男裝女劍士中澤琴敞開和服的衣襟。

『——我不會委身下嫁比自己還弱的人。想要我，就來打敗我。』

當她按照慣例說出這句極富挑釁意味的勝利台詞，這場比試也宣告結束。

「我的連勝紀錄又更新了耶。」

「然後我的連敗紀錄也一起更新是嗎……話說回來，晶，我說真的，要不要改玩別的遊戲啊？」

其實這款遊戲是我和晶第一次一起玩的遊戲，有很深的感觸，可是現在已經逐漸變成我的心靈創傷了。

畢竟晶很會玩。在這段不到兩個月的時間她的技術顯著進步，憑稍微有點經驗的程度，已無法對她造成傷害。

就像剛剛我操縱的慶喜完全沒能給予任何傷害，就直接輸了。

雙方程度差這麼多，我在開始之前就只看得到自己輸的場景。

「老哥你要不要放棄慶喜啊？他跟琴帥的能力圖表是三比七的劣勢，根本沒勝算啊。」

「能力圖表是啥玩意？而且妳都叫中澤琴『琴帥』嗎？」

「在網路上大家都這麼叫啊。感覺很強、很帥、很可愛不是嗎？」

「……算了——反正先休息。整整一個小時都陪妳對打，也太不人道了……」

因為從頭輸到尾，我有些煩躁地把遊戲手把放在桌上，然後站起來時——晶抓住了我的衣服。

「老哥……難道你討厭跟我打電動了嗎……？」

「啊……沒有啦，不是這樣，我只是覺得有點累，真的……」

突然就給我這麼一張難過的表情，太狡猾了。

如果是弟弟，我笑著說「這怎麼可能啊」然後拍拍他的肩就行了。

但她是妹妹，是女孩子，是晶……

我倉皇別過臉，身為哥哥真是沒出息到了極點。

「我才想問，就是……妳跟我這麼弱的人玩不會膩嗎？」

「嗯，完全不會。」

「為什麼？」

「老哥確實很弱，可是我想跟你一起玩啊。」

「……就是在問妳為什麼想跟我玩啊？」

與強者一較高下，這樣比較刺激吧？就在我想這麼說的時候——

「老哥你一臉窩囊的模樣真的很可愛……會讓我心跳加速。」

「唔————！」

——她以水亮的眼眸這麼說道。

「所以老哥以後也要為了我繼續輸喔。」

……說實話，我才不要。

晶和我玩電玩比輸贏的目的並不在獲勝，而是為了讓我露出窩囊的表情。

一得知這件事——就算明白不可能，還是想打贏晶。

「啊，不過希望老哥可以不斷練習然後變強！強到能贏過我！」

搞什麼？她讀了哥哥的心聲嗎？

「就、就是說嘛。要是對手太弱，果然很無——」

「我討厭比自己弱的人。如果想要我……就贏過我吧。」

「——聊……吧……」

「我學琴師的啦。」

呃……她是玩「終武2」玩到走火入魔，結果中澤琴上身了嗎？

「不過我的心早就敗給老哥啦。假如老哥想在遊戲贏過我，就代表你想要我——」

「那我以後還是繼續輸給妳好了～」

「為什麼啊！老哥好過分——！你應該要說『那我再加把勁』才對吧！」

晶不斷敲打我的肩膀。

——她說得對，我是個過分的老哥。

不只誤會晶是繼弟，還不知她是妹妹就隨性地跟她相處……最後甚至還在十天前與她同床共枕——

『所以我們結婚吧？跟我變成家人吧？我會一輩子珍惜你，還有你的小孩喔。』

——別說告白，她甚至求婚了。

我表示「想繼續當晶的老哥」，以此回應她的求婚。

說實話，我還沒整理好自己的心情。

不過身為家人，身為異性——我無論如何都想珍惜晶的心情依然沒有改變。

晶早已料想到我會卡在這裡，所以周到地替我準備好「台階」下了。

『所以，我現在就當個跟你沒有血緣關係的妹妹，以後再讓我當你的新娘子吧。』

以後──換句話說，這件事沒有期限。

晶會一直等我，直到那一天到來是嗎？

而我會讓晶一直等待，直到那天到來嗎？

等到總有一天，我能好好面對她……──

──我們的關係誠如各位所見，來到只差一步就能跨越兄妹藩籬的距離。

但我們兩人心中描繪的線尚未有所交集。

現在就像這樣，處在危險平衡的平行線上。

第1話「其實馬上就是校慶了……」

Jitsuha imouto deshita.

來到星期一的早上六點。

我在手機的鬧鐘響起之前率先醒來。

伸個懶腰後突然驚覺一件事，於是馬上環伺我的房內——但今早看起來應該不要緊，我這才鬆了口氣。

什麼東西「不要緊」呢？

我很想解釋，但對方似乎要過來了，於是悄悄看向自己的房門。

當門把以和時鐘秒針差不多的速度往下墜，門板也無聲開啟。

接著從門縫偷偷探出頭來的人，是小偷……才怪——

「早啊，晶。」

「唔哇！老哥，你醒了喔？」

——果不其然，是晶。

晶就像被抓到搗蛋現場的孩子一樣，臉龐瞬間刷紅，神色明顯慌張。

「妳幹嘛要偷偷進來啊？」

「因、因為我……當然是想來叫你起床呀！」

「喔喔。」

最近只要是上學的日子，晶每天早上都會來到我的房間。

關於這點我很感激她。早上被繼妹叫醒乃是漫畫或動畫常見的場景，令人羨慕憧憬。

但無奈的是，她叫醒我的方式非常不妥……

「話說回來，為什麼老哥在我來之前就醒了？」

「不行嗎？我感覺到有危險，腦子就醒了。」

「……呿。難得我想到一個新招耶。」

「喂，妳少幫泰山壓頂加什麼多餘的變化。」

沒錯。

晶叫人起床的方式，都是摔角技巧。

若只是「哥，早上了喔。請你起床。」然後輕柔地晃動身體，或是「哥哥～早上了～！快起來～！」然後不斷拍打我的肚子就算了……

「我順便問問，妳本來想做什麼變化？」

「就……跳起來之後，雙腳膝蓋——」

「算了。我大概知道了……」

「那老哥，我現在試一次給你看，你再躺回去。」

「不行！晶，妳聽好，仔細聽好。外行人不可以對著正在睡覺的外行人施展摔角技巧。尤其手肘、膝蓋都很危險。那不是外行人想用就能用的招式。」

「呃……換句話說，如果老哥醒著就可以？」

「妳有仔細聽我說話嗎？就算醒著也絕對不行！」

我罵完晶後，以為她又會「咕」地砸嘴，沒想到——

「我只會對老哥你做這種事喔……？」

——她卻害羞地扭著身體，並抬起視線看我。

「這句話沒有讓你心動到嚇人的地步嗎……」

我澈底傻眼。

她嘴裡說的「這種事」是指在突發奇想下，就想付諸實行的飛身膝頂嗎？

為什麼我每天早上非得因為妹妹感覺到生命危險不可啊？

「多虧妳，我快養成早起的習慣了。不知道是本能還是細胞層級的大事，反正我現在會因為危機感醒來。」

我語出諷刺後，晶一臉百無聊賴的模樣。

「可是對我來說，來看老哥的睡臉是每天早上的樂趣耶～」

「這是不能變成習慣的事耶——」

——畢竟我們既不是情侶，也不是夫妻。

即使是繼兄妹，這……也不太一樣。

「反正早餐好像已經準備好了，老哥你換好衣服就下樓喔。」

「啊，嗯。知道了。」

晶以輕快的腳步下樓，但我在她離開後還是傻傻地盯著房門……總之先起床吧。

＊＊＊

我打理好外表來到一樓，隨即看到老爸和美由貴阿姨。難得他們兩個人今早也在。

「老爸，美由貴阿姨，你們早。」

「涼太，早啊。你的頭髮又睡翹了喔。」

老爸真嶋太一，他的工作是電影美術相關人員，最近這個時期很忙，所以經常晚上很晚才回家。早上我起床的時候他通常在睡覺。

他也常常在片場過夜趕工，很少像這樣在早上見面。

「哎呀哎呀，真的耶。涼太，這樣太糟蹋你這個帥哥了喲。」

美由貴阿姨看著我的翹髮笑道。她是老爸的再婚對象，也是我的繼母。

她是在電影、連續劇片場活躍的彩妝師，跟老爸是碰巧因為工作才認識。

她有著令人信服晶也是個美少女的美貌，是個會讓人忍不住想大肆炫耀的美麗母親，但美中不足的是個性有點少根筋。

她今天好像很早就得出門工作，所以已經穿著外出服，妝容也完美無缺。

「你們夫妻都在還真稀奇耶。」

「還好啦。我今天休假半天所以不用那麼趕，不過——」

老爸說到一半看了看掛在牆上的鐘，對美由貴阿姨說：「已經七點十分了喔。」

「啊！我得出門了！」

「碗筷給我洗，妳放著吧。」

「呵呵，那就麻煩太一先生了。」

「包在我身上。」

美由貴阿姨把善後交給老爸後，脫下圍裙就這麼跑上二樓。

再婚之後大約過了三個月。他們雙方都有工作，生活時間總是會錯開，不過到目前為止他們夫妻的感情還算好。

其實更進一步地說，自從老爸離婚之後，我就沒見過他這麼幸福的模樣。

「……老爸，真是太好了。」

「是啊。請了半天假，早上才能這麼悠閒，真高興呢～」

「我不是說這個啦……」

我的發言讓老爸一臉疑惑……算了，剛才是自己表達方式有問題。

對了，其實還有一件好事。那就是——

「啊，『太一叔叔』，我也來幫忙。」

「晶，謝謝妳。幫大忙了。」

——如各位所見，晶開始用「太一叔叔」稱呼老爸，而不是「叔叔」。

我想應該是受到美由貴阿姨的影響，不過老爸和晶的關係確實逐漸熟稔。

晶把美由貴阿姨剛才穿的圍裙套在制服上，然後站到老爸身旁接過剛洗好的碗盤，用擦拭餐具用的抹布擦乾。

看著這樣的光景，我感到非常安心。

回想起來，自己三個月前第一次見到晶的那一天——

『抱歉，我醜話說在前面。這種場面話就免了吧。』

——雖然她當時說過這番話，其實講開之後就會知道她是個坦率又開朗的人。

如今對我已經毫不設防，是個親如弟弟的妹妹。

儘管有點（？）喜歡惡作劇，一醒來就給我泰山壓頂讓人傷透腦筋……

即使還有其他該擔心的事，我們兩人的關係大致上都算好。

不過——我到底為什麼會誤會晶是弟弟長達三週時間，就這麼跟她一起生活呢？

在制服上套著可愛圍裙的晶，不管怎麼看都是個美少女。

那時候誤會她是個美少年，現在想到就羞愧不已——這時，晶後頸的頭髮突然擺動，只見她回過頭來和我四目相交。

她悄悄對我投以微笑，泰若自然地拋了個媚眼。

好可愛……不對啦！白痴，會穿幫耶！

我急忙瞪了她一眼，結果她笑嘻嘻地回我一個調皮的表情。

悠悠哉哉洗著碗盤的老爸就近在咫尺啊……

——晶總會像這樣，趁我大意的時候偷襲。

總歸一句話，我這個妹妹可愛到很傷腦筋，包括這種做法也是……

為了避免被人聽見，我悄聲嘆了口氣，正好這時候美由貴阿姨發出匆促的腳步聲下樓。

「涼太，我有事情想拜託你，可以嗎？」

「什麼事？」

「我今天可能會晚回來，晚餐可以交給你和晶自理嗎？冰箱裡有做好的菜。」

「好的。工作路上小心。」

「涼太，謝謝你──那我出門嘍。」

「路上小心──啊，美由貴阿姨，錢包跟鑰匙！」

「啊，不好意思！」

美由貴阿姨露出一臉「我真冒失」的表情之後，笑著對老爸和晶說聲：「我要出門了。」接著小跑步往玄關前進。

──這就是我們真嶋家的模樣。

這樣的生活正逐漸變得理所當然，我現在再次對這點感到訝異。

家裡有老爸、有美由貴阿姨、有晶，還有我……

直到幾個月前為止，自己甚至無法想像這樣的生活，但我很滿意像這樣有些吵鬧的四人家庭生活。

當我感慨萬千地這麼想，一杯冒著熱氣的馬克杯「叩」的一聲放在我面前。

「老哥，我幫你泡了咖啡，請喝。」

「謝謝妳，晶——呃……喂，這是……！」

我悄悄看了老爸一眼，慌張地壓低聲音。

「……這個是妳剛才用過的馬克杯吧？」

「對啊。怎樣？」

「妳還問——我只是不懂，為什麼不是拿我的……」

「因為要洗的杯子會變多。」

「原來如此，真是個非常合理的理由呢……」

「所以你別在意『間接接吻』，就用吧。反正我不在意。」

「嗚咕！」

我從她的語氣感覺到惡意。

不過這點小事一旦在意就輸了。

「好吧。那我就不客氣——」

「我的嘴唇……」

「——咳咳！」

都怪她低聲說出不得了的話語，害我整口咖啡都噴出來了。

「嗚哇！喂！老哥好髒～！會噴到制服耶！」

妳以為是誰害的啊……

＊＊＊

「老哥，你還在氣剛才的事嗎？」

我們一出家門，晶就以揶揄的口吻詢問剛才咖啡那件事。

「算是吧。」

「對不起嘛。我給你抱一個，當成賠罪嘛——來。」

晶張開雙臂說道。

「看，就是這點，妳就是這樣！晶，拜託妳再……就是，手下留情一點……」

「手下留情？什麼意思？」

「少裝傻。妳在享受我的反應對吧？」

我以無奈的眼神看著一臉調皮，竊笑不已的晶。

「穿幫了啊？不過這個也是『訓練』啊。」

訓練——據晶所說，這是為了習慣妹妹的訓練。

自從知道晶是繼妹而不是繼弟的瞬間，我就突然把她當成異性看待，態度變得很生疏。當時晶要求我跟以前一樣，保持對待弟弟的距離。不只如此——

『只要比現在這個距離還近，你就不會意識到我的性別吧？』

——她的論點變成「就是因為我以不乾不脆的方式把她當成女生，才會想保持距離」。

既然如此，她乾脆積極接近我，開始訓練我習慣妹妹。

然而之後卻是一連串的「丟出去就不管的迴力鏢」應酬——換句話說，我之前以為她是弟弟，所以積極接近她幹出的所有蠢事，現在都回到自己身上了。

當然了，這對不擅長應對女孩子的我來說，完全殺得措手不及。

——這真的是習慣妹妹的訓練嗎？

我的內心隨著這道疑問萌芽，感到非常不安。擔心要是繼續做這種事，我們的關係會不會逐漸往異性的方向前進，而不是兄妹……

這並不是杞人憂天。

因為就結果而言，晶喜歡上身為異性的我了。

這種事在歷史上沒有類似的例子吧。如果有，我真想學學他們是怎麼應對的。

但我想說的是，晶最近接近我的方式非常危險。

常常讓我心跳加速，或者應該說心驚膽顫。別說「吊橋效應」，根本是「鋼索效應」。

一旦平衡稍有傾斜，一切就會顛覆。

……以防萬一，提醒她一下好了。

「晶，不能做今早那種事喔。」

「……你說的是哪件事？」

「我是說，老爸明明就在旁邊，妳不能……對我拋媚眼，或是間接接……總、總之那樣就是不行！」

「啊，那個啊。我都說是訓練了，你太在意啦。」

「不對，那已經不是訓練習慣妹妹的程度了吧？妳叫我別在意才是強人所難。」

於是晶來到我的前方擋住去路，然後抬起視線盯著我。

我不禁停下腳步。

「與其說是習慣妹妹，其實更像是習慣我吧？」

「已經很習慣啦。真的不需要再那樣了……」

「不行。因為老哥還不肯縮短跟我的距離啊。」

——妳說的距離不是家人之間的距離啊！我在心中這麼吐槽。

「總而言之，晶，妳不能在老爸他們面前鬧我。」

「對老哥來說要是穿幫，結果會很慘嘛。」

「不然妳無所謂嗎？」

「嗯～我覺得穿幫就穿幫，到時候再說吧～」

「妳還真是無所顧忌耶。真不知道這麼大顆的心臟是哪來的……」

聽到我說的話，晶露出笑容說道：

「因為老哥說喜歡我嘛。你跟我約好，要是穿幫了會負責啊。」

晶揪住我的衣袖。

這——我的確是說過。

但現在搬出這句話太狡猾了。

那是我還以為晶是弟弟時說過的話，後來我們一起去洗澡——不行，還是別再挖出「那天」的事了……

「要是事跡敗露，我搞不好會被趕出家門……」

「放心吧。到時候我會跟老哥一起離開家裡。」

晶這麼說完，笑瞇瞇地看著我。

「要跟老哥逃去哪裡好呢？去一個沒人認識我們的地方，靜靜地生活好像也不錯耶～」

「喂喂……」

她是在開玩笑嗎？還是認真的……

「妳話題跳太遠了。我們都還是小孩子，現在不該逃跑，忍耐比較重要吧？」

我稍微出言訓誡，晶卻哈哈大笑，毫無一絲歉意。

「老哥你人真的很好耶。」

「咦？哪裡好？」

「你讓我清楚知道，為了避免有人因此不幸，你很認真在思考這件事。」

「我……」

「你就是用這種方式在保護我、媽媽，還有全家人的幸福對吧？」

家人的幸福——那是我本身的願望。

但不一定等於晶的希望。

現在這個情況，我選擇家人的幸福，就代表不會接納晶的願望——換句話說，我和晶不會發展成情侶以上的關係。

但其實這整件事不該如此極端看待，這只是一種現狀。

假設現在這個當下情況有所改變，我或許就會坦率地接納她。

「對不起，我這麼為難老哥。就算知道你的想法，還是沒辦法壓抑自己的心情……」

「但真的要拜託妳──」

──我沒有說「否則我會無法完全壓抑自己」。

「還有，既然都道歉了，我還要順便說一件事……」

「什麼事？」

「我想告訴你，即使如此，我還是做好就算要捨棄許多東西，也要跟老哥一起遠走高飛的覺悟喔。」

「咦？」

「因為我最喜歡你了。」

「唔────────！」

我真是受夠這個妹妹了……居然當面說這種話。

她為什麼這麼喜歡攪亂我的心啊？

「欸嘿嘿嘿，老哥，抱歉。又讓你傷腦筋了。可是我很高興，所以忍不住想說。」

「咦？高興？高興什麼？」

「你剛才說忍耐比較重要對吧？」

「嗯，對啊。」

「意思就是，其實你也想縮短跟我的關係，但要忍耐對吧？」

「唔……！這個……這個嘛～……」

「一想到是這樣，我還是要跟你道個歉。我反而忍不了啦～」

晶的眼睛突然發亮。我有一股不祥的預感——

「晶小姐！妳先冷靜一下好不好？這裡是外面——」

不管我的話還沒說完，晶直接撲上來。

「——等！喂，晶，不要從正面抱我——唔！」

「老哥，你用公主抱，抱我到車站吧～」

「我不要！妳好重！快走開！」

一旁沒有路人算是唯一的救贖，但現在這個狀況說我們是兄妹，有人會信嗎？

——晶就像這樣，今天也開朗地笑著和我打鬧。

不過其實她有個很嚴重的問題。

＊＊＊

要前往我們就讀的私立結城學園，得在途中搭乘電車。

在有栖南車站上車之後，到結城學園前車站下車再走五分鐘的路。單程不用半個小時就能抵達。

不過晶到了有栖南車站的月台之後，就突然不講話了。這已經是老樣子呢。

「晶，妳還沒習慣嗎？」

「嗯。對不起……」

「不用道歉啦。」

「謝謝你，老哥……」

剛才的笑鬧就像假的一樣，她現在低頭躲在我的身後。應該是因為剛才在車站月台看到一樣是結城學園的學生了吧。

這就是晶從「在家模式」切換到「乖乖牌模式」的模樣。

晶非常怕生。

一旦啟動「乖乖牌模式」，晶就會緊黏著我不放。

其實就某個角度來說，跟平常沒兩樣，但她如今並不是會跟人打鬧的活潑弟弟，而是清純內向的妹妹。

所以對我來說，到現在依舊不知該怎麼面對這樣的變化。

第二學期已經過去一個多月，晶的怕生個性仍然沒有任何改變。

「電車來了。」

「嗯。」

「要上車嘍。」

晶又「嗯」了一聲，輕輕點頭然後跟著我上車。

上車之後，我和晶跟平常一樣站在車門旁邊。

這個時間正好是通勤、通學的尖峰時段，車廂內的人算多，所以總是沒有空位可坐。

大部分的乘客都在滑手機或是跟朋友小聲談話。

電車發車後，我看著站在一旁依舊抓著我的晶。

她的表情還是很緊繃。

聽說她在上一所學校時不用搭電車，看來她不太喜歡人口密度高的電車。

如果是親生哥哥，這種時候會對妹妹說什麼呢？

「幸好今天是晴天耶。」

「嗯……」

明明是自己說出的話，我卻搞不太懂晴天到底好在哪裡？

我想如果今天是陰天，自己就會說：「天好陰耶。」如果下雨就會說：「下雨了耶。」

如果我說話能再機靈一點就好了，但就是忍不住選擇常見的天氣話題逃避。

「妳的課業還好嗎？進度都跟得上嗎？」

「嗯。」

「假如有不懂的地方就問我吧。但去年的內容我也沒信心記得多少就是了……」

「謝謝你，老哥……」

我們的對話無法延續，就這麼停在這裡。

我之所以用言語掩蓋沉默，與其說是為了晶，其實更是因為自己很不安。

滿腦子只想著：晶和我在一起是不是很不自在？

這時我不經意看向窗外流動的街景。

心中思索不知道有什麼辦法能解決晶怕生的個性。

怕生這個詞說起來簡單，其實也分成好幾種類型。

以晶的狀況來說倘若是一對一，她不會給對方好臉色（話雖如此，卻不是有意的）。不過如果面對一群人，就會像現在這樣縮成一團。

先不管她本人有什麼打算，我倒是很想替她想辦法解決怕生的問題。

她的媽媽美由貴阿姨也跟我有一樣的想法。她不時會來詢問晶在外頭的狀況，我每次都會回她「請包在我身上」——但就現狀來說，我實際上根本毫無作為。

——不過如果晶本人不覺得這有什麼，那就是我多管閒事了……

當我想著這些，晶的頭輕輕撞上我的胸膛。

「唉～……對不起，我今天也要……」

「我知道。要充電對吧？」

「嗯……對不起，再保持這樣一下下……」

「沒關係啦，沒事……」

晶就這麼以像在道歉的姿勢，把額頭靠在我的胸口。

晶在星期一常常需要這樣，這似乎對緩解緊張很有效。

其實剛開始反而是我比較緊張，但最近已經開始慢慢習慣了。不過在習慣的同時，我卻萌生一個可能不太恰當的欲望。

想直接抱緊這副嬌小的身軀。

「老哥，謝謝你一直陪在我身邊……」

「因為我是妳的充電器啊。」

「……最喜歡你了。」

「啊……喔，嗯……」

她在這個狀況下說這種話會讓我失常。

這個妹妹實在是……

她為什麼這麼……算了，現在專心把胸膛借她就好了。

＊＊＊

我們坐上電車後約莫十分鐘便抵達了結城學園前車站。

離開結城學園前車站的驗票閘門後，我們走了一會兒，便發現一對比別人光鮮亮麗的情侶——不，那是上田兄妹，他們就混在前往學園的學生人潮中。

我們追上他們，兄妹倆似乎正在談些什麼話題。

「光惺、陽向，你們早。」

「啊，涼太學長、晶，你們早安。」

陽向回過頭，以跟平常一樣開朗的表情回答。

相較之下，光惺頂著和平常沒兩樣的臭臉看了我們一眼後，簡短地說了聲：「早。」然後再度望向前方。

「光惺，你還是一樣冷淡耶……」

「因為也不是什麼需要熱情對待的人啊。」

光惺說得一臉無趣，陽向卻拉住他的制服。

「哥哥，你真是的！人家是朋友，要好好相處啦！」

「啊……是是是。」

「你看，又是這種態度！」

「啊哈哈哈……陽向，好了啦，妳先冷靜……」

上田兄妹一直是這副模樣。

他們兩人個性相反，偶爾會吵架鬥嘴，但我覺得他們基本上感情很好。剛才的對話也是溝通方式的一種。

「涼太學長，不好意思。我哥哥是這副德性……」

「妳很煩耶。」

光惺邊說邊懶散地撩起自己的金髮。

「陽向不用放在心上喔。光惺他平時就是這樣。」

「好，不好意思……」

陽向真的是個好女孩。

很會體恤旁人，我和晶也常常受她照顧。

只不過不知道是否因為個性開朗，她與人相處的距離有點太近，我有時候都會心頭小鹿亂撞。

再加上她最近有約我出去吃飯，所以一看到她，總讓我有些難為情……而且自己也還沒回覆她。

「對了，你們剛剛是不是在聊什麼？」

「對。我在問哥哥下個月要舉行的『花音祭』。」

「喔，這個時期已經到了呢。花音祭啊……」

「去年剛好跟國中的文化祭撞期，所以我沒能來參加。」

「這樣啊。那今年就是妳第一次參與吧？」

「對。可是哥哥都說自己不記得、忘記了——」

陽向嘟起嘴不滿地仰望光惺，光惺卻只嫌麻煩地抓了抓頭說：「不要來問我。」

當我嘴裡唸著「好啦好啦」陪笑時，有人拉了我的袖子。

「老哥，花音祭是什麼……？」

「噢，花音祭指的是結城學園的校慶喔——」

——就這樣，我替晶解釋的同時，也把花音祭的內容告訴陽向。

花音祭——是結城學園每年都會舉行的校慶名稱。

活動為期兩天，第一天只有在校生，第二天開放一般民眾入場。後夜祭則是以現今少見的營火劃下句點。

去年我和光惺的班級推出咖哩店。

儘管沒有盈餘，至少全班團結一致留下了美好的回憶。

其實我和光惺並沒有多少熱忱，不過印象中我們兩個男人過得也還算開心——

「——就是這種感覺，當成還算好玩的校慶就行了喔。」

「聽起來好像很好玩耶！對吧，晶？」

「嗯。」

陽向主動攀談，晶的表情這才稍微放鬆。

「看吧。妳一開始問涼太不就得了？」

「就是呀，早知道我一開始就問涼太學長了。」

「好了好了，你們別再吵了……」

見上田兄妹又要開始鬥嘴，我迅速介入。

「事情就是這樣，涼太，你負責告訴陽向細節吧。」

「什麼？我？」

光惺最擅長的就是這種隨便的行事作風。一旦他覺得麻煩，就會二話不說全丟給別人。每當我有事找他商量，他十次有九次都會叫我去問陽向然後結束話題，完全不是個可以商量事情的對象。

但我也無法否認自己有事就依靠陽向。畢竟我完全把晶交給她照顧，所以在她面前實在抬不起頭。

「沒～差。反正哥哥又靠不住，我會自己問涼太學長。」

「涼太，聽到了吧？太好了，人家肯依靠你耶。」

見光惺笑得不懷好意，我覺得他好可惡。這根本就是把麻煩事全推到我身上嘛。

「那我們什麼時候會開始正式準備花音祭呢？」

「這個嘛……如果跟去年差不多，應該十月的第一個星期就會選出班上的執行幹部，然後開始協商要做什麼吧？社團的人也差不多會在這個時候正式著手準備——」

——說歸說，其實我對自己的說詞沒什麼信心。

對我和光惺而言，與其說我們樂在其中，反而比較像因為準備花音祭期間不用上課，希望能永遠過著這樣的生活，所以我們都不怎麼關心活動行程。

「總之下週的放學後應該會開始協商……大概吧。」

「我知道了。涼太學長，請你之後再跟我分享喔。」

陽向笑著這麼說。

我們走著走著不知不覺抵達學校，也就各自分開往教室前進。

＊　＊　＊

進教室之後我把書包放在桌上，馬上叫住光惺。

因為我有一件無論如何都很在意的事。

「光惺，關於陽向啊……」

「嗯？」

光惺看都不看我一眼，只顧著滑手機。

「你對待她的時候，再多展現一點哥哥的風範行不行？」

「什麼哥哥的風範？」

「呃……比如再溫柔體貼一點……」

「我有吧？」

「你哪有？」

「我陪她一起上學。」

「……這算溫柔體貼嗎？」

我瞬間陷入沉思，但總覺得不太對。

「別管我們，你們最近怎樣？」

「還是老樣子，在學校跟在家裡簡直判若兩人，她在家……總之該怎麼說呢？我們算是很要好。」

「要好是多要好？」

「普、普通吧～……？」

「什麼叫普通？」

「普、普通就是普通啊。會一起打電動，一起念書——」

——還會一起睡覺，一起洗澡……其實也不是每天這樣，但這個再怎麼說都不普通。不過我覺得我們之間的肢體接觸有點多……這是我們家的普通嗎？

「你幹嘛臉紅？」

「我、我才沒有！」

「是～喔……算了，有沒有都無所謂啦——」

光惺一臉「受夠了」的表情。

「——就你的情況來說，你對待晶的態度不該說是溫柔，看起來更像是過度保護。」

「那當然啊，我們是兄妹嘛……若她有困難，我當然會想幫她……」

「難道你要像這樣一輩子照顧她嗎？」

「嗚……」

見我一句話都說不出來，光惺大大嘆了口氣。

「如果你把她當妹妹看，我勸你不要這麼寵她。如果只是普通的兄妹，保持一點距離比較好吧？」

「嗯，或許是吧……」

我對晶過度保護嗎……

自己的確有無法放著她不管的想法，不過還是多思考一下對待她的方式，這樣可能比較好吧。

過度依賴我，對晶或許也不是一件好事……

好，既然如此，以後就慢慢跟她保持距離看看吧。

＊　＊　＊

隔天早上。我又在鬧鐘響的三十分鐘前醒了。

今早晶也還沒過來。

因為昨天被光惺說過度保護，讓我心裡有那麼一點煩躁。

當我仰望天花板發呆一陣子後，跟昨天一樣聽見房門緩緩開啟的聲音。晶今天也來叫我起床了吧。

我閉上雙眼，假裝睡著。

——看我算準時機，起床反將她一軍。

華麗地躲開泰山壓頂，然後直接坐在她的背上吧。

我在腦海裡進行模擬，沒過多久便感覺有人站在自己身旁。

「老哥，你醒了嗎……？」

晶靜靜地問道。

我依舊沒有釋出反應，等待著她的下一個動作。這時候——

「老哥，我最喜歡你了——……啾。」

才剛覺得自己臉上有一股氣息，柔軟唇瓣的觸感立刻從左頰傳來。

「我會每天都跟你表白……」

當下差點做出驚嚇的反應，但我裝作很癢，翻了個身背對晶。

從現在才開始有知覺，根本不知道剛才發生了什麼事。

「老哥，早上了喔……」

她以柔和的聲音在我耳邊低語，聽起來根本沒有想叫人起床的意思。

「老哥睡著的臉果然很可愛……」

我徹底慘遭她的伏擊。

——難道她每天早上都這樣嗎！親吻睡著的我？

我的心跳開始加速。

正當我覺得自己完全錯過醒來的時機，晶便開始用手指戳我的左頰。

我在心中嘆了口氣。

「——晶，早啊。」

我慢慢睜開眼睛，看著滿臉通紅、不知所措的晶。

「咦咦——！老哥，你什麼時候醒的！」

「……從妳戳我臉的時候——」

——我撒了個謊。

因為總覺得難為情，害怕挑明真相。

後來也沒提及早上的親吻，但嘴唇的觸感就像輕度灼傷一樣，緩緩滲入肌膚之中，留在臉頰上。

——唉，這該怎麼說呢？

保持距離這件事，就等未來某一天再說吧……

9 SEPTEMBER

9月28日（二）

我每天早上的慣例差點就被老哥發現了！

先給睡著的老哥一個早安吻，戳戳他的臉頰之後再泰山壓頂。

我非常喜歡這個流程。

老哥今天在戳臉頰的時候醒來，不過幸好沒被他發現戳臉之前的親吻。

要是穿幫了，老哥會討厭我嗎……？

但如果是老哥，可能只會吼一句「妳在幹嘛啦！」而已，不會太生氣。

總之現在禁止泰山壓頂。明天開始偷偷鑽進被窩好了！

對了對了，聽說下個月是「花音祭」！

這是我轉學之後第一個活動，好開心！

不過我覺得陽向問上田學長花音祭的事時，看起來好可憐。

雖然上田學長平常就不太理人，他是不是討厭陽向啊？

老哥雖然說他們感情很好，可是真的是這樣嗎？

我不太懂，但就算這樣，感覺陽向還是常常跟上田學長走在一起。

下次我想問陽向關於上田學長的事。

對陽向來說「哥哥」是什麼樣的存在呢？

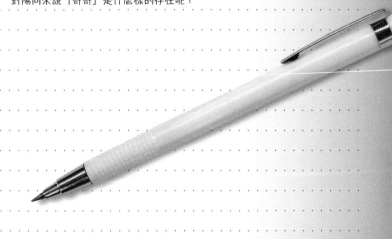

第2話「其實繼妹（妹妹）說她想改變……」

Jitsuha imouto deshita.

十月四日，星期一。

這天放學後，各班開始協商花音祭要推出什麼活動。

「——那我們班就決定在花音祭上，推出『角色扮演咖啡廳』了。」

就這樣，我們班用半小時左右的時間，便決定好執行幹部與活動內容。

這個感覺有點惡搞的模擬店舖主題，是班上的現充們擅自決定的，但我和光惺並沒有持反對意見。

「是角色扮演咖啡廳耶。」

「喔。」

「你好像不感興趣？」

「因為沒興趣。所以我要回家了——」

光惺拿起掛在桌子旁的扁瘦書包。這時候——

「——啊，上田同學，先等一下！」

執行幹部叫住光惺，那是一個姓星野的女孩子。我不記得她的名字。她個性開朗，為人認真。朋友還算多，是現充團體那個圈子的人。我偶爾會看到她找光惺說話，所以從以前開始就猜她對光惺有意思。

「幹嘛？」

光惺不悅地看著星野。

我也知道光惺平常就是這個樣子，但他難道就不能稍微改一下語氣嗎？

「我在想這個模擬店舖，你要扮什麼角色⋯⋯」

「隨便，都可以。」

「可是如果要跟服裝出租店家借衣服，就必須先問你的意願——」

光惺無視星野，就要走出教室。

「——啊，上田同學，你等等啊！」

星野就這麼一臉悲傷地盯著光惺走出去的那扇門。

我是覺得她有點可憐，但就某方面來說這也沒辦法⋯⋯他是光惺嘛。

光是開會有留到最後，我覺得已經很好了，別再要求更多才是聰明的做法。

就在我也打算跟著光惺離開教室時，一聲「真嶋同學」把我留在原地。

「呃……幹嘛？」

「你跟上田同學很要好吧？我常看你們上學、放學一起走。」

「這個……不算太差吧。我跟他的交情是很久啦。」

「所以我有一件事情想拜託你……」

星野說著，雙手合掌放在胸前。

「妳想叫我問光惺，看他想扮什麼嗎？」

「嗯……如果可以，我想請你幫忙問……」

「我姑且會問問看啦，但我猜他是真的什麼都行吧？」

「這樣才是最傷腦筋的啊……」

「就用妳的品味決定吧——啊，我也沒有想扮什麼，就跟光惺一樣。」

「好吧。那我會想想看。」

「嗯。麻煩妳了。」

於是我抱著「真麻煩」的心情，離開教室。

＊＊＊

我和光惺在校門會合，等待晶她們過來。

我們前前後後等了十分鐘以上，看來她們班遲遲討論不出要做什麼。

就這樣和光惺瞎聊了一會兒，才終於看到她們往這裡走來。

「對不起，讓學長久等了！」

陽向愧疚地對我低頭道歉。

「沒有，不會啦——」

「真是的，慢死了。」

「因為班上討論完之後，我們就被戲劇社的人抓住——」

說到此處，我發現光惺皺起眉頭。

「什麼？戲劇社？是喔～要演戲啊！」

我急忙接下這個話題。

「對。是要在花音祭表演的戲劇，可是社團人數不夠很傷腦筋，所以就決定幫忙了。」

「這樣啊。戲劇社要演什麼？」

「《羅密歐與茱麗葉》。」

「是喔～那妳要做什麼？既然是幫忙，是做小道具之類的？」

「不是，我……要演茱麗葉。」

「原來如此，茱麗葉啊～……呃……什麼！那不是女主角嗎！」

「啊哈哈哈，就是說啊……我又不是社團成員，所以本來是拒絕了，可是對方說這次就好，無論如何都希望我演……」

陽向在國中時期也是戲劇社。

而且我們國中的戲劇社很認真，別說會在校內、社區進行公演，甚至有在全國大賽上得獎的實力。

陽向在社團中是佼佼者，通常負責擔任主角或女主角。

大概是戲劇社裡有人知道這件事，才會拜託她吧……但我的心裡總覺得有哪裡不對勁。

「所以妳沒能徹底推掉嗎？」

「對……哥哥，可以嗎？」

果不其然，陽向窺探著光惺的臉色。

「……不關我的事吧？」

「是這樣沒錯……」

「這不重要，回家吧——」

「啊，哥哥，等我一下啦！」

我們追上說走就走的光惺。

本來覺得最近都受盡光惺的折騰，但實際上，說不定是我們在折騰他。

＊＊＊

我和晶跟上田兄妹分開後，搭上了電車。

現在還不是下班尖峰時間，車廂內很空，我們得以並肩坐在長椅上。

看到沒有別人的目光，晶這才慢慢從「乖乖牌模式」轉換成「在家模式」。

電車發車後沒多久，晶緩緩開口：

「老哥，剛才那件事……」

「嗯？」

「就是陽向去幫戲劇社那件事。」

「噢，那個啊。怎麼了嗎？」

「為什麼陽向要問上田學長『可以嗎』？」

「喔，這件事啊——」

光惺也沒叫我保密，而且對象是晶，應該可以說吧。

「——其實他以前是童星，有演過戲啦。而且還挺出名的。」

「什麼！是喔？」

「對啊，不過是幼稚園、小學那時候的事了。」

「那現在呢？他怎麼不演了？」

「對他來說，演戲好像有什麼不好的回憶。」

「不好的回憶……？」

「誰知道呢……大概發生了很多事吧——」

我只在國中的時候聽光惺提過一次，而且也只說：「有不好的回憶。」

他沒說是什麼回憶，我也沒問他。

「——反正我是不知道光惺現在還有沒有放在心上，但對陽向來說，她可能覺得自己碰觸了光惺討厭的事，所以過意不去吧。」

「嗯～……但這樣不是很奇怪嗎？陽向國中的時候是戲劇社吧？」

「嗯？對啊。」

「為什麼事到如今還要問上田學長能不能演戲啊……？」

晶這麼一說，我的確也想不通。

真的是事到如今。如果陽向在意光惺的過去，國中就不會加入戲劇社了。而且也不必現在才看光惺的臉色。

「假如妳很在意，不要問我，直接問陽向怎麼樣？」

「是這樣沒錯，但總覺得不好開口啊……」

晶的表情顯得有些苦澀。就像我和光惺是如此，晶或許在思考即使是朋友，也有可以干涉和不能干涉的領域吧。

「話說回來，陽向要演茱麗葉啊。這樣我反而擔心演羅密歐的人呢。」

「咦？為什麼？」

「因為她跟光惺一樣去過童星的培訓學校，演技很好啊～」

「呃？是、是喔……？」

「就是因為厲害，人家才會拜託她演茱麗葉嘛。再加上她的外表，如果演對手戲的人普普通通，應該會很難受吧？」

當我半開玩笑地說：「我現在反而開始覺得主角很可憐了。」結果——

「嗚……說、說得也是……要跟陽向演對手戲的人，很辛苦吧……」

晶一臉鐵青，咬緊了嘴唇。

「晶，怎麼了？妳知道對方是誰嗎？」

「呃……我……」

「咦？妳說妳怎樣？」

「我就是演羅密歐的人……」

「…………………啥？」

我的腦袋一時之間跟不上晶所說的話，當我好不容易理解，血色也同時從臉上消失。

＊＊＊

這應該可說是緊急事態吧？

我們回家換下制服後，就在我的房間裡討論飾演羅密歐一事。

「呃……晶，我確認一下……妳真的接下羅密歐這個角色了……？」

「呃……嗯……講著講著，順勢就……」

「什麼順勢——」

——這根本是被「流彈」打到吧？

「那些人也大力拜託我。說如果陽向要演茱麗葉，那羅密歐非我莫屬……」

原來如此，那幫傢伙很懂嘛——我瞬間有了這個想法，但又連忙打消念頭。

晶的外表的確男孩子氣，長得很俊俏。

實際上她的長相很中性，我剛開始也誤以為她是個美男子，在女孩子之間也很吃得開。

聽說她在上一所學校，還被女生告白過。

如果只論外表，在我們學校能和陽向並列的人，除了晶也沒別人了。不然就是光惺……

與其讓其他男生上場，晶或許是最適合的人選——可是她有一個缺點。

「妳要站在大家面前喔。真的有辦法在一群人面前演戲？」

「你是說因為我怕生？」

「我就直說了，沒錯。因為妳怕生，我很擔心妳演不演得來。」

完全無法想像晶站在舞台上，而且還是在一大群觀眾面前飾演主角的模樣。

不是不看好她，但就我跟她一起生活的感覺，很擔心她是不是真的能演戲。

「晶，妳有演過戲嗎？」

「呃……沒有……」

——我的頭開始痛了……

「老哥你會擔心，是因為我可能會給大家帶來困擾嗎？」

「不是，跟其他人比起來，我比較擔心妳因為失敗而留下不好的回憶。」

與其讓晶因為失敗而留下不堪的回憶，我認為更應該現在作罷。

然而晶卻說：

「正因為如此，我想治好自己怕生的毛病。」

「咦？」

「我都知道喔。媽媽他們還有你，都很擔心我怕生這點。」

「這樣啊……那就好說了。晶，現在還來得及——」

「所以我想演！」

「晶……」

我看得見晶的眼中有著強烈的意志。

也是因為她的口吻比平時還要強勢，我不禁被那雙認真的眼神懾服。

「我不想再讓你們擔心了。」

「讓我們擔心也沒差啊。反正是家人……」

「不行。就因為是家人，我才不想讓你們擔心。」

如此說道的晶低下頭。

「如果沒有陽向，我在班上一定格格不入。就連現在能融洽說話的，也只有陽向一個。為了不讓你們擔心，我想治好自己怕生的毛病，正常去上學。」

「就算是這樣，一上場就演主角，這真的沒問題嗎？主角耶？」

我這麼說，試圖軟化她的決心，但她卻堅定地「嗯」了一聲。

看來她的想法很堅定。

「演配角也沒差吧？不用一上場就演主角啊。而且戲劇社的其他人都沒意見嗎？把主角交給不是社團成員的人——」

——這實在太亂來了。

追根究柢，我也覺得他們拜託陽向演茱麗葉很奇怪。

更別說還找上晶，甚至給她演主角。我實在是想不通。

如果他們是想展現社團有多大方，就算現在聽到這件事情的人不是我，也會覺得奇怪和弔詭吧。

「——我現在反而比較擔心他們了。戲劇社這個社團真的沒問題嗎？」

「關於這件事，聽說他們今年復活了。」

「嗯？什麼意思？」

「其實啊——」

——晶的說明統整之後如下：

我入學的時候，上一代的戲劇社社員只剩下三年級。

他們一直沒能招攬到新人，所以沒有一、二年級。

去年花音祭公演就是最後一場活動，之後社團暫時休止。

後來過了半年，我升上二年級，陽向這屆一年級新生入學。

在一年級中，西山和紗是個很有幹勁的人，她說要當新社長，然後在一年級生中找齊社員，好不容易讓戲劇社復活了。

可是大家都是初學者，只有西山一個人有國中加入戲劇社的經驗。

實際上，他們的社團活動也都是些小活動，今年完全沒辦過任何一場公演。

現在碰到花音祭的公演，因此找上國中時期曾是戲劇社的陽向。

西山和陽向讀不同國中，但該說理所當然嗎？西山認識曾站在聚光燈下演戲的陽向。

其實不光這次演女主角，一直有戲劇社的人勸陽向入社。

而西山這次想盡辦法終於成功說服陽向，同時也找上在說服過程中，總是和陽向在一起的晶。

「——大概就是這樣，說是缺人手跟有經驗的人，很傷腦筋。」

「原來如此啊……」

其實有很多想吐槽的地方，但現在就先不管了。

只不過我隱約想像得到那些人找上晶和陽向的理由了。

要是代表一年級的兩大美女共同演出《羅密歐與茱麗葉》就會創造出不小的話題。

——創造話題、活絡社團、網羅社團成員……

這或許只是我胡思亂想，不過那些人拜託晶和陽向演主角，就是基於這些理由吧。

「——我又不是社團成員，所以本來是拒絕了，可是對方說這次就好，無論如何都希望我演……」

戲劇社可能也在這次花音祭賭上什麼，但都是我的推測，只能直接確認了。

「我大致上能想像戲劇社碰到的狀況了。但就算這樣，還是很可疑呢……」

「我有跟西山同學談過，她人不壞喔……大概吧？」

「就妳這種講法，聽起來也不是好人嘛……」

這讓我更擔心晶和陽向了。

「可是我覺得這件事對自己來說，是一個改變的機會。」

「機會？為什麼？」

「聽說我爸爸國中時期很怕生。可是進高中之後開始演戲，後來才改變了。他說他就這樣一頭栽進演戲的世界裡，開始以當演員為目標。」

晶的父親是名為姬野建的演員。不過看他那副黑道風格的可怕外表，以前居然是個怕生的人，令我感到非常意外。還以為他國中時一定是個不良少年……

「以防萬一，先問一下，妳也想當演員嗎？」

「也不是，只是單純覺得如果我演戲可能就會像爸爸那樣，克服怕生的問題了。」

這樣的想法非常單純，不過晶或許也是以自己的方式，想要一個改變自己的契機吧。

就像我以前也覺得身為晶的哥哥想再更可靠些，想要有所改變，晶也苦於現在的自己，所以期望改變吧。

「老哥，你還是反對嗎？」

「目前算是三分之一想幫妳加油，三分之二覺得擔心吧。」

我無奈地露出苦笑。

過度保護到這個地步，或許已經無藥可救，但事已至此我也沒轍了。

我把手放到晶頭上。

「反正妳想治好怕生的毛病也是一件好事——不過有一個條件，應該說是提議。」

「什麼提議？」

「我也可以在妳身邊幫忙嗎？既然戲劇社人手不足，大概不會拒絕我——」
「什麼！老哥會幫我嗎！」
那一瞬間，晶的表情亮了起來。
「對、對啊，具體要幫什麼就現在開始想，如果不會礙到妳——」
晶不等我把話說完，便整個人撲過來。
「太棒了！老哥，謝謝你！我最喜歡你了！」
「等……喂！我不是一直跟妳說，不要正面抱過來嗎！」
——不過她這麼高興，感覺倒是不賴。
我思考著自己身為哥哥能替她做些什麼，最後決定要把她的心情擺在第一順位。
叫她罷手或許很簡單。
叫她想做就做，感覺又很隨便。
既然如此，這麼做可能是過度保護，但我想用盡全力幫助晶。
——而且我也很在意戲劇社打的主意。如果那些人是做事認真的社團就算了，但我得好好監視，避免那些人把晶捲進事端當中。現在就先——
「那麼明天開始五點半起床。」
「……咦？為什麼？」

──為了晶的首次登台，從明天起就跟她一起做我能力所及的事吧。

＊＊＊

「──事情就是這樣，晶要在花音祭飾演羅密歐。」

當晚我趁晶洗澡的時候，向老爸和美由貴阿姨報告今天發生的這件事。

「這樣啊，這還真是……」

「事情一發不可收拾了耶……」

看到老爸他們一臉擔心，我的心也跟著變得沉重。

「不過晶想要改變是一件好事嘛。」

「一上場就演主角耶。老爸，你真的覺得沒問題嗎？」

「嗯，這點是讓人很擔心啦……」

這時候，美由貴阿姨一掃臉上的陰霾。

「可是涼太會陪著她對吧？」

「咦？嗯，是沒錯……」

「那就不用擔心了。」

「為什麼？」

「因為是你陪她呀。」

美由貴阿姨這種毫無根據的信賴，說實話很難受……

畢竟我又不是多麼偉大的人，可是她不知道為什麼總是太看得起我了。

「也對，有涼太跟著就不用擔心了。」

「你們都太高估我啦……」

這不是謙虛或自卑，我是真的這麼想。

畢竟我覺得就是因為我沒有作為，才會逼得晶必須付諸行動改變自己。

「我沒有高估你，晶在跟你相處之後真的改變了。因為那孩子在家裡已經變得那麼開朗了呀。」

「跟之前相比，的確是這樣沒錯……」

「美由貴說得對。她還會幫忙做家事，對我的稱呼也從叔叔變成『太一叔叔』了喔？我好感動——！」

啊，原來他有發現啊。

話說回來，人家光是叫他「太一叔叔」，他就高興得擺出勝利姿勢，我根本不想看到老爸這副模樣……

當我傻眼看著老爸，美由貴阿姨帶著滿臉的笑容說：

「晶一定很喜歡涼太你喔。」

「咦！是、是這樣嗎～……」

我很明顯心慌了。

別說「一定」，晶已經明確說出超越「最喜歡你」的話語。身為當事人，我實在不希望家人提及這類話題。

當然了，我知道美由貴阿姨的意思是「身為家人的喜歡」，但即使如此，還是希望她能稍微選擇一下遣詞用字。

因為我也是正值青春期的高中生啊……

「嘻嘻嘻嘻，不用害羞啦～你也很喜歡晶對吧？既然這樣——」

「老爸你閉嘴。」

「為什麼啊！」

純粹是因為聽老爸拋出這類話題，讓我覺得很火大。那張竊笑的表情也是……

還是說，是我太在意了？

我開始覺得獨自煩惱的自己好蠢啊……

這時候，隨著一句「我洗好了喔～」的聲音，晶一邊拿著毛巾擦頭髮，一邊來到客廳。

「你們三個人在聊什麼？」

「啊，我在報告今天演戲那件事——」

「晶，妳最喜歡涼太了，對吧？」

——呃⋯⋯美由貴阿姨，妳先慢著啊啊啊！

只見晶一愣一愣地歪頭。

「咦？最喜歡了啊，幹嘛事到如今問這個？」

「唔————！」

喂喂喂——！

晶，妳突然說這是什麼話啊——

「我問涼太喜不喜歡妳，結果他居然叫我閉嘴⋯⋯」

「太一叔叔好可憐喔⋯⋯明明不用這麼凶啊。」

——現在是怎樣？我是說真的，現在到底是怎樣啊⋯⋯？

晶，妳該不會跟老爸他們說了吧？把我們的關係⋯⋯不不不。

我的腦袋一片混亂⋯⋯

「我知道了，老哥，你該不會以為是談戀愛的那種『喜歡』吧？」

晶不懷好意地笑著說道。

「呃……沒有，不是，我沒有……」

「我說的當然是家人之間的喜歡啊。」

除了我以外的三個人都發出大笑，我卻只能硬是擠出一絲笑聲。

——什麼嘛，原來是這樣喔……

看來打從一開始就過分在意的人，只有我一個。

如果話題能到此結束，那就再好不過了，但——

「所以……老哥喜歡我嗎？」

——晶居然一臉認真地這麼提問。

這傢伙利用現場氣氛問這什麼問題啊……

「欸欸，老哥，怎樣嘛？」

「涼太也最喜歡晶了，對吧？」

「好了，涼太，你就老實說吧！」

「唔……！」

這、這幫人……每個人都在邪笑……

「怎麼可能喜歡啦────！」

──然後我直接開溜。

我想大家都很熟悉這招。就是小學生常做的那個。

當旁人逼問你：「你喜歡那個女生對吧？」而自己在害羞之下，反而脫口說出「我討厭她」的情形。

但我從未想過逼問我的人，竟是自己的家人……

＊　＊　＊

「──太、太精彩了！你、你那……那時候面紅耳赤的樣子……啊哈哈哈哈哈──！」

二十分鐘後，晶在我房間的床上笑得一發不可收拾。

「都說了，我不習慣面對那種事……」

見晶到現在還在笑，我開始生氣了。

「話說回來，晶！妳剛才是故意那麼說的吧！」

「啊哈哈哈哈哈，抱歉抱歉！你的反應很好玩，我忍不住……」

「給我忍住，忍住啊……真是的……」

當然了，我過度反應也是原因之一，但即使如此，即使如此也不該這樣。

「可是老哥你反應那麼大，根本等於是在自爆喔？」

「嗚……或、或許是這樣沒錯……」

「你要再更自然一點啦。」

「我也知道啊……」

「你果然必須習慣跟我相處。所以再多訓練一下吧——」

晶說完，把手裡的手機放在床上，然後來到我面前跪坐。

「來，你試著說『我喜歡晶』。」

「啥……什麼！為什麼啊！」

「就是因為你不習慣說這種話，被問到的時候才會定格啊——所以，來，這是訓練。」

「但就算是訓練，這個不太～……」

相較於我的猶豫不決，晶以認真的眼神看著我。

「放心吧，反正我知道你說的喜歡不是談戀愛的那種喜歡。」

「可是這……」

「來！快點！」

「無論如何都得說嗎？」

「無論如何都得說！」

「無論如何？」

「無論如何！」

晶看起來不像在玩鬧。只是認真地、筆直地看著我的眼睛。

這讓我更不知道該把視線往哪裡擺。

「說一次就好了。」

「一次對我來說就很難啦……」

「快點。」

「不要催我啦……」

該說嗎？還是不該說？硬要說的話，我比較偏向不想說……

不，這是訓練，是訓練。

而且在意那麼多，也於事無補啊……——

「——就一次喔？」

我下定決心，端正自己的儀態。

因為緊張，我的喉嚨乾渴得沙啞。接著心跳加速，我自己都感覺得到臉一陣熱。額頭甚至開始冒汗。

「吸……吐……」

我重複幾次大大吸氣、吐氣，讓身心都冷靜下來。

間隔一段短暫的時間後，我筆直回看晶的眼睛。

晶也睜著認真、清澈的大眼，都能在她眼中看見我的身影了。

「晶……」

「幹嘛？」

「其實我喜……」

「嗯嗯，就是這樣！」

「喜、喜喜……」

「喜？喜什麼？」

「喜……——」

——…………………嗯？

這個時候，我看到剛才晶坐著的地方放著一支手機。

雖然背面朝上，卻能看到螢幕和被子間的空隙透著一絲光線。

有來電，或者只是某種程式處於啟動狀態……——

「——嗯嗯？」

「老哥，你怎麼了？」

「……晶小姐，請問您可以先保持這樣不動嗎？」

「咦？講話幹嘛這麼恭敬？呃……老哥，你要去哪裡——」

我站起身抓住晶的手機，然後看了看螢幕——

「啊——！那是！」

晶明顯慌了手腳，原因就是這個。

——我就知道是這麼一回事。

「……喂，為什麼錄音程式啟動了？」

「咦？啊哈哈哈……呃……你想嘛，可以之後聽錄好的聲音，再確認一次啊……」

「妳這傢伙！錄下我說『喜歡』的聲音是想幹嘛——！」

「噫！對、對不起啦！人家不小心起了歹念嘛——！」

——妹妹做事如此滴水不漏又大意不得，著實令人欣慰，但我完全無法產生共鳴。

我默默決定，明天開始要嚴格替晶特訓。

10 OCTOBER

10月4日（一）

今天戲劇社的西山和紗來邀我演戲！

她是在邀請陽向之後才找上我，所以有一種順便的感覺。

可是她居然要我演《羅密歐與茱麗葉》裡的羅密歐……一開口就要我演男主角……她絕對是看上我的外表吧？

陽向演茱麗葉一定很可愛，所以我懂……

可是當時的氣氛讓人很難拒絕，而且和紗看起來好像很焦急。

她感覺是個開朗、有點強勢的人，不是什麼壞人……應該吧。

我確實嚇了一跳，不過這也是個好機會吧？

爸爸以前說過自己高中因為演戲，治好了怕生的毛病。

我一直想要改善自己怕生的毛病。

不然以我這種個性，既難交朋友，老哥和媽媽他們也會擔心……

我覺得身邊的人一定都很顧慮我……

總之我不想再這樣下去！

我找哥哥商量，說我想改變，他說他也會一起幫忙。好高興——！

老哥果然人很好又可靠——！

老哥為什麼總是能讓我這麼心動呢？我實在太喜歡他了！

這個雖然算不上回饋，但就算是為了他，我也要改變！

第3話「其實我跟繼妹開始練習了……」

Jitsuha imouto deshita.

「呼……呼……呼……老哥，你、你等一……」

「晶，快點！只剩一點點了！」

「嗚耶～……好痛苦～……」

我和晶在早晨清澈的空氣中跑步。

儘管是慢跑，其實並沒有那麼正式，只是在家附近稍微跑一下罷了。為了以防萬一，我們在跑步之前各吃了一根香蕉，而且是在暖身之後才開始跑。可是……

「老哥～我不行了～……揹我～……」

晶跑不到十五分鐘就發出窩囊的聲音。

「才跑一半而已。不是說好從今天開始，一個星期要跑五天，每天三十分鐘嗎？」

「可是可是～……」

「好了，不要撒嬌！」

會變成這樣的最大原因，在於我們這三個月懶散的生活。

我和晶在家的時候幾乎沒在運動。

基本上除了體育課會運動，日常生活都是打電動或看漫畫，幾乎與運動無緣。

「為什麼一大早必須跑三十分鐘啊……」

「我昨天不是解釋過了嗎？」

——理由有二。

第一，當然是為了演戲鍛鍊體力。

我聽說在舞台上跑動再加上發聲，其實比想像中需要體力。

其實我對這方面的事不熟，但記得以前聽老爸說過，在舞台上活躍的演員大多會從平時就努力鍛鍊體力。

這次公演大概是三個星期後。我想晶接下來會正式開始進行排練，要是按照現在這個狀態，正式上場的時候肯定已經沒力了。

基於這個理由，我的目標是想辦法在正式上台前培養晶的體力。

而第二個理由，是加強發聲。

在舞台上發聲需要極大的肺活量，這讓我很擔心。

實際跑一趟我就知道了，晶很快就上氣不接下氣。如果她用現在的狀態挑戰一個小時以上的舞台劇，在抵達戲劇高潮之前可能就發不出聲音了。

——基於這些理由，我昨晚便擬好晨跑練習和晚上的發聲練習菜單了。但晶從剛才開始卻一直是這副德性。

她就像個快被父母丟下的孩子拚死追趕，不斷在我的背後喊著：「等一下！等一下！」但這樣我彷彿也成了父親，她又是那麼可愛讓人很想揹著她……不不不不，我昨天已經決定要狠下心來。

「好了，加油加油！」

「嗚嗚……老哥～……」

「用這種撒嬌的聲音也沒用。這是妳決定要做的吧？」

「我知道，可是～……」

「來，還有十分鐘。」

「老哥是魔鬼～！」

「妳玩格鬥遊戲都把人電爆，沒資格說我是魔鬼——」

——說是這麼說，還是稍微放慢速度吧……

「還剩一點了，加油。」

「呼……呼……呼……」

「就快到終點了喔。」

我跑在上氣不接下氣的晶旁邊，好不容易抵達家門口。

「很好，到了～」

「呼……呼……呼～……好、好累～……」

晶用手撐著膝蓋猛烈地喘氣。

「晶，妳還好嗎？」

「不好……可是老哥你……為什麼……都沒事……？」

「跑這一小段還好啊。我以前是籃球社的嘛。」

「你嗎？不會吧～……」

「我騙妳幹嘛？好了，跑完就開始緩和運動吧。繼續走了。」

「嗚呃～……」

這個訓練其實沒有多嚴苛。

我本來打算跑五公里，但晶比我想得還要累，所以中途縮短了路線。更有甚者，其實我希望一公里用七分鐘到八分鐘的速度跑，但才剛跑十分鐘我就判斷不可行了。

我們跑了大概三公里，用了三十分鐘——一公里大概跑了十分鐘，與其說是跑步，更像是慢跑。

對我來說，更像是慢慢跑，或是稍微快走的感覺。

話說回來，沒想到晶的體力居然這麼差。

她一頭短髮，外表看起來很活潑，反而意外地沒什麼體力。平常慵懶的生活果然有很大的影響。

不過如果第一天就衝太快，在晶腦中留下不好的印象，那她也太可憐了。

——稍微鼓勵一下吧。

「晶，妳很努力喔。剛開始就能跟上腳步，很不簡單喔。」

「真、真的嗎？」

「真的。以第一天來說，妳做得很好。」

「欸嘿嘿，太好了……老哥誇我了……」

晶一屁股坐在柏油路上，並拉起T恤擦汗。可是——

「晶，會、會走光啦，妳遮一下！」

「咦？什麼光？」

「就是T恤底下！」

——我可以把T恤被汗水沾濕，變得若隱若現當成無可奈何，可是因為她拉起T恤，我都能稍微看到雪白的肚子和黑色內衣。

「用不著這麼在意啊……反正這是運動內衣嘛。」

「就算是這樣，妳也稍微顧一下旁人的眼光啦……」

「啊哈哈哈，抱歉抱歉。這對老哥來說太刺激了是吧～？」

與其說是刺激，反而比較像是偷襲。

本人也毫無自覺，實在很傷腦筋……

「那回家後，我可以先沖澡嗎？」

「可以啦……」

面對我的回答，晶露出一抹邪笑。

「……要一起洗嗎？」

然後試探性地這麼說。

「不要喚醒我的記憶啦……」

「啊哈哈哈，那我先洗了～」

羞恥與後悔——現在已經稍微變淡了，可是留在背上的觸感卻始終揮之不去。

＊＊＊

當天放學後，我跟著晶和陽向一起去戲劇社的社辦報到。

戲劇社的社辦位於特別大樓，跟教室大樓是反方向。平常要是不用換教室上課，我不太會靠近這裡。

特別大樓是有理化教室與家政教室的建築，主要是管樂社或手藝社這類文化系的社團或同好會在使用。

戲劇社用的教室在三樓底端，正好在音樂教室的正下方。

我們輕輕敲門後把門打開，已經集合的戲劇社成員正在教室中央的桌子旁討論著什麼。

「你們好，和紗在嗎？」

我們一行人首先由大家都見過的陽向入內，接著晶和我才跟著進去。

「陽向，我等妳好久了！晶也歡迎！」

——這個女孩子就是社長西山和紗嗎？

外表嬌小，眼睛又圓又大，給人可愛的印象。

「奇怪？請問你是二年級的學長嗎？」

「對，我叫真嶋涼太。是這位姬野晶的繼兄。」

「真嶋……啊！你就是傳聞中的哥哥嗎！幸會，我是西山和紗！」

「請多指教……嗯？傳聞？」

「啊，請不用在意，我在自言自語！」

我很好奇會是什麼傳聞，但算了……

「那麼為什麼真嶋學長會來這裡？」

「和紗，涼太學長說他願意幫忙戲劇社的活動喔。」

在我開口前，陽向就直接替我說明了。

「真的嗎！哎呀～我們很缺男丁，正覺得傷腦筋呢～！太好了～！」

西山邊說邊開心地手舞足蹈。

到目前為止，她給我的印象是「反應有點大的女孩子」。

跟晶說的一樣，感覺不是壞人。

「那我來介紹成員喔。從右邊開始是伊藤天音、高村沙耶、早坂利步、南柚子。」

她們每個人都禮數周到地鞠躬問好……但我要花一點時間，才能把名字和臉對上——這個時候，我發現了一個問題。

現在在場的男人只有我一個。

還以為一定有男社員，但現在看來全是女生。

自己想必不能融入這種女生的圈子，所以——

「硬要說的話，我只能算是偶爾來幫忙的人，可能算不上什麼戰力。如果有我辦得到的事就跟我說一聲吧。」

我先打了一劑預防針。

而且目的是幫忙晶。

我不會把話講白，但之所以幫戲劇社，充其量只是順便。

不過西山臉上還是漾著笑意。

「知道了，那我會不斷把工作丟給學長喔♪」

她的雙手在胸口合十，這麼說著。

原來如此，她不只反應大，還是個有點特立獨行的人——我抱著這個想法，若無其事地看了晶一眼。

晶從剛才開始就躲在我背後，頻繁搓揉她的左手肘。

晶不屬於這個群體，這裡對她來說是不擅長應付的空間。真的沒問題嗎？

總之我就默默守著，並在她覺得為難的時候不著痕跡地幫忙吧。

「和紗，劇本已經寫好了嗎？」

「當然！因為我們副社長非常優秀呢～」

西山把剛才介紹過的伊藤天音拉出來，她是個戴著眼鏡，不怎麼起眼的女生。

「和紗，很丟臉耶～……」

因為被人誇獎，伊藤紅著臉，視線不斷游移。雖然沒有晶這麼嚴重，這個女生大概也很容易害羞吧。

但西山沒有理會伊藤，繼續說下去：

「劇本有多的，請哥哥也拿一本回去吧。」

「可以嗎？」

「那當然。另外我也準備了入社申請書——」

「不，我不用那個。」

「嘖……」

原來如此，與其說她特立獨行，用老奸巨猾形容更貼切啊……

反正我現在大略知道西山的為人了，我就好好監視她，避免她硬要晶她們加入社團吧。

後來我們聊了幾句只能算打招呼的對話，接著確認角色，並商討今後的行程。

基本上除了晶和陽向，戲劇社的人都一人分飾兩角。

我和伊藤一起負責幕後，處理大小道具和準備舞台裝，不過有一點小問題。

「……喂，西山，我要做的事情是不是太多啦？」

「就靠毅力了！」

精神論啊……算了。

結果今天戲劇社的成員必須處理諸多雜物，所以明天才會開始正式練習。這個星期六的練習時間則是下午到傍晚，星期日休息。

花音祭當週可以借用舞台，所以會在體育館從頭到尾排練一遍，除此之外都在社辦（她們用社辦稱呼這個戲劇社使用的教室）練習。

我一邊聽，一邊觀察西山和伊藤以外的成員。

她們看起來都不是沒有幹勁的人。

西山……先把她當例外，以伊藤為首的四個人都是認真的人。

只不過看起來都不太外向。硬要說的話，比較像文藝社的人。

也有可能是西山強迫原本是文藝社的人加入戲劇社啦，但我不知道實際情形是怎樣……

這次的商討就以這種感覺結束。

晶和陽向的台詞比較多，所以被要求儘量在家先背好台詞。

至於我該做的事情也大致敲定，但——

「真嶋學長，我還會準備好其他許～許多多的工作，明天開始就麻煩你了♪」

「呃……喔……」

——照這個情形來看，她恐怕會毫不留情把工作丟給我……只有不祥的預感……

＊＊＊

當天回家的路上，我與晶還有陽向一邊走著，一邊聊演戲的話題。

我走在兩個女孩子中間，再次翻開劇本。

「話說回來，妳們的台詞真的很多耶……多成這樣，兩個多禮拜的時間記得住嗎？」

「其實戲劇社的人反而比較辛苦喔。畢竟除了負責旁白的伊藤同學，其他人都是一人分飾兩角。」

「我不用上台是沒差啦，不過晶妳可以嗎？」

「我……開始有點不安了……」

晶看著我手中的劇本，也是一臉驚愕。

「放心吧。每天都會去排練，如果在家有練習，就會自然而然記住了。」

「是這樣嗎？」

「而且伊藤同學有修飾過台詞，變得比較口語。比方說——」

如此說道的陽向和晶一樣貼近我的身體。

「——像這裡，原本應該是有點拗口的台詞，不過已經改寫得好讀好唸了喔。」

她指著劇本上的一句台詞。

「是、是喔～……」

我們的肩膀現在完全併攏。

陽向好像完全不介意，我也儘量努力不讓自己太在意。

我還是無法習慣她相處的距離這麼近。果然和晶不一樣。

「陽向，真虧妳懂這麼多耶。」

「因為我小學二年級的時候，曾經去看過《羅密歐與茱麗葉》。」

「妳還記得那麼小的時候發生的事啊？」

「對，隱約記得。這邊是我喜歡的場景——」

陽向說完，從我們身邊退開兩、三步然後大大吸了一口氣——

「——我倆戀情的花苞經夏季吹拂後，待下次見面時一定會開出美麗的花。直到那天來臨前，請你稍微等我……」

——她突然策動手腳、擺動身體，說出茱麗葉的台詞。

當她那副極有張力而且透明的嗓音在耳際迴響，她的聲音並未經過大腦便直接抵達了我的心臟。

那只不過是戲劇台詞——然而出自陽向嘴裡，卻令人不解為什麼心臟會如此糾結。

我壓抑著意識彷彿會瞬間被拉走的感覺，轉頭對著晶。

「來、來吧，再來輪到羅密歐說話了。」

我硬是這麼把她拱上去。

「呃……我？我看看……——我、我知道了，誓言就先保留。但、但是我還沒聽到妳的答覆……」

當晶害羞地照著劇本唸出台詞，陽向也接著往下演。

「可是你一開始就聽到了啊。要再說一次，實在太難為情……」

「拜、拜託妳，再說一次就好……」

隨後，陽向將雙手放在胸前，像祈禱那樣握緊雙手。

她的眼眸已經泛出些許淚光，不知是因為傷心、喜悅還是悲痛……這些感情直接從她的全身上下傳達——

「什麼嘛，笨蛋羅密歐……不過請你愛著我。如果喜歡我，請你相信我……」

——我和晶都因為這句話滿臉通紅，啞口無言。

不過為了以防萬一，我要先聲明。

這裡是路邊。

「——大概是這種感覺……呃，你們怎麼了？」

「…………」

「…………」

我和晶純粹是覺得很害臊。

與陽向分開後，我和晶直到回家前都忸忸怩怩，靜不太下來。

那該說是技藝精湛還是聚精會神呢？或許是因為近距離看到那樣的演技，我承認自己不只覺得陽向可愛，更覺得她美麗動人。

＊＊＊

當晚吃完晚餐、各自洗完澡後，我和晶便立刻開始對台詞。

但在那之前，要先從基礎知識開始——

「晶，妳對《羅密歐與茱麗葉》的了解有多少？」

「嗯～不算很熟……只是大概知道故事走向。」

「我也是。那先來看一下大綱吧。既然伊藤有改寫，說不定跟原作不太一樣呢。」

伊藤不愧是被特立獨行的西山誇獎的人，她的劇本附有詳細的設定，甚至寫了大綱。

「那我要唸了喔——」

——《羅密歐與茱麗葉》。

不用我說，這是威廉·莎士比亞的名著。

舞台位於十四世紀的義大利都市維洛納。

兩家名門水火不容，不斷上演血腥鬥爭。

事情發生在夏季的某個晚上。羅密歐受到朋友們慫恿，潛入對立家族舉辦的蒙面舞會。

並且在會場邂逅命中注定的女性茱麗葉。

雙方墜入情網，互換了繡有各自名字縮寫的手帕，約好要再見面之後便分開了。

幾天後，羅密歐偷偷潛入茱麗葉的家中，在露台下聽到了她的獨白。

「啊啊，羅密歐，你為什麼是羅密歐呢？」

茱麗葉知道了自己愛上的對象是對立家族的兒子，因而如此感嘆。

羅密歐按捺不住便出現在她眼前，並互許終身。

隔天，勞倫斯神父聽完羅密歐的話後，在他們兩人的戀情中看到了兩家鬥爭將劃下休止符的希望——

「——到這裡是第一幕。這個故事好像總共就兩幕。」

我看了看晶，發現她正一臉陶醉。

「啊～好浪漫喔……兩個跨越家族藩籬結合的人啊～」

「抱歉，在妳陶醉的時候打斷妳，我要繼續唸了喔——」

——然而羅密歐在回家的路上，被捲入兩家的紛爭之中，結果因為殺了人，即將被驅逐出城鎮。

這件事發生後不久，茱麗葉的雙親便替她決定了婚事。

茱麗葉深愛著羅密歐，她為了逃離這樁婚姻，前去找勞倫斯神父商量。

茱麗葉聽從神父的指示喝下假死藥，她的遺體隔天被安置在墓地。

羅密歐不知道真相，一心以為茱麗葉已死，他來到墓地悲嘆茱麗葉的死，並當場喝下毒藥死去。隨後茱麗葉醒來，也以羅密歐的短劍刺穿自己的胸口，追隨羅密歐而去。

雙方家長最後承認這場悲劇起因於自己，水火不容的名門這才終於和解。

就是這麼一個愛與悲劇的故事——

「——就是這樣。第二幕完全就是一場悲劇。」

我輕描淡寫說道，晶卻鼓起腮幫子。

「為什麼要這樣啊？太過分了吧？」

「不要跟我說，去跟莎士比亞大師說啦。」

「不行啦，相愛的兩個人就是要在一起啊！皆大歡喜才是王道！」

「啊~……那這就是上天堂會合的模式吧？劇本裡好像沒有就是了。」

「不要講什麼模式啦~……」

我抓了抓頭，表示對我發牢騷也沒用。

「老哥，你有辦法接受這個結局嗎？」

晶這麼問道，但我實在回答不出什麼。

「反正只是演戲，照劇本演是最好的吧？」

「可是可是~」

晶之後有好一陣子都在鬧彆扭。

後來過了一會兒，她似乎總算接受並「唉～」地大大嘆了一口氣。

「那我會努力背劇本啦。」

「就是這樣。不過在那之前，不用先練習發聲或咬字嗎？」

「發聲練習？」

「不該說練習，應該要說訓練吧。聽說練腹肌或是抬頭挺胸說話會比較好喔。」

「嗚呃～……早上跑步，現在又要練肌肉？」

「我看還是練一下比較好。我會跟妳一起練喔。」

「好吧……那咬字練習要練什麼？」

「應該就是繞口令吧？先小試身手──牛郎戀劉娘！來，妳說說看。」

「這很簡單啊──」

晶說完，吸了一口氣──

「牛『涼念』！啊……」

馬上就吃螺絲了。

「…………………」

「…………………」

晶漲紅了臉，我卻極其冷靜地看著她。

「晶……再唸一次。」

晶再次吸了口氣——

「牛涼念牛娘！」

果然還是沒說對……

「……第一個牛的部分合格了。」

聽我這麼說，晶的臉更紅了。

不過該怎麼說呢？這種療癒的感覺……

我不知道為什麼，總覺得鬆了一口氣。

10 OCTOBER

10月5日（二）

今天一早就開始跑步……你們可能難以置信，但這是真的。

我跟老哥稍微提早起床一起晨跑。

我的體力爛到連我自己都嚇到……

老哥說他以前是籃球社的，我很驚訝，不過還算可以接受。

畢竟老哥外表看起來纖細，但其實有肌肉，是一副很男孩子的體格。

總之我現在很不甘心，自己明明跟老哥過著一樣的生活啊。

從明天起也要加油！

我從學校拿了劇本回家。

其實我沒跟戲劇社的人說過話，不過幸好她們看起來都是好人……

但我很擔心老哥會不會做出什麼事。

大家都是女生……根本隨便老哥挑啊。

而且陽向也在……

我是有點吃醋，不過看老哥好像沒什麼興趣，我就放心了。

對了，我跟伊藤天音這個人稍微聊了一下，我覺得她很沉穩、很能幹，跟她在一起感覺很放心。我也想變成像她那樣的人。

我還想快點跟其他人變成好朋友呢。

晚上跟老哥一起看劇本，結果我有點鬧彆扭……

我原本就知道故事大概是那樣，但還是討厭悲劇……可是只能演了。

只不過我還是想大聲說：皆大歡喜才是王道！

第4話「其實繼妹碰壁了……」

Jitsuha imouto deshita.

「牛涼念牛娘事件」的隔天。

這天也是一早就進行三十分鐘的跑步——說是這麼說，幾乎是以慢跑之姿開始。

放學後我們加入戲劇社的發聲練習和台詞排演。

西山硬是把一份「真嶋學長的工作清單♥」塞給我，於是我跟排演的晶她們隔了一段距離，在角落和伊藤一起進行準備作業，同時從旁看著晶她們。

「——我、我昨晚作夢了。夢到……星星的夢……那……那是一顆飛越漆黑天空的星星。我、我從今天早上開始，就一直想著那顆流星……」

相較於台詞還唸得斷斷續續的晶，飾演羅密歐好友莫枯修的高村則是——

「——原來是星星啊？星星又怎麼了？」

她以男性的低沉嗓音與豐富的表情唸道。

根據伊藤所說，戲劇社雖沒有舉辦過公演，這半年一直有在朗讀。

除了乍看之下沉穩的西山，其他成員也頗有兩把刷子。

「——莫、莫枯修，我覺得人的一生……就像劃過夜空的流星，是、是一條線段喔……一條有始有終的直線——」

想當然耳，雙方有著明顯的落差。

而且每當晶唸台詞時，不知道為什麼連我都跟著緊張。

陽向好像也有同樣的感覺，她在晶的身旁，表情顯得緊繃。

我在心中替晶加油，但這麼一來便會無心在自己的工作上。

這天的排演就像這樣，從頭唸完劇本一遍後宣告結束。

回家後，晶做完改善發聲的重訓，到睡前都跟我一起背劇本——是個行程緊湊的一天。

晶早已累垮，劇本唸到一半就開始打瞌睡，等我回過神來，她已經睡在我床上了。

我輕輕替她蓋上被子，然後坐在書桌前把劇本看過一遍，想說至少記下晶的台詞。

——話說回來，台詞真的很多耶……

我看過一遍後，再次被大量的台詞嚇到，不過這已經是伊藤經過刪減並潤飾成不拗口的結果了。

——晶，我們一起加油吧。

我輕輕撫摸晶的頭，然後裹著毛毯睡在地板上。

如此緊湊的生活過去兩天後，晶也開始習慣了。

早上的慢跑雖然還不能算是跑步的速度，不過比第一天快了一點。

她參加戲劇社的排演時，也很努力發聲。

這時在我身旁準備服裝的伊藤開口：

「晶的聲音跟第一天相比大聲很多耶。」

「是啊。因為我們在家也會做發聲練習。」

「真嶋學長，你都會陪她練習嗎？」

「算是吧。不過她老是記不住台詞，現在有一種不知道該怎麼辦的感覺呢。」

當我參雜了玩笑口吻這麼說，伊藤卻內疚地對我低頭說聲：「對不起。」

「妳為什麼要道歉？」

「我以為自己把台詞改得便於背誦了……」

「喔，不會啦，關於這點妳真的幫了大忙喔。」

我一誇獎劇本，伊藤就顯得很害羞。

「請學長轉告她，如果忘詞了可以臨機應變沒關係。」

「可以嗎？」

「可以。因為戲劇是活的，比起中止，最重要的是『順勢帶過』。」

「但我這個外行人倒是覺得，臨機應變反而更難……」

所以才要先記好劇本的內容。只不過——

「——她記不住台詞的原因之一，的確和量有關。再來就是……」

「再來？還有量以外的因素嗎？」

「唉，其實我也不清楚確切原因啦……」

以哥哥偏心的眼光來看，我覺得晶已經非常努力了。

一直努力背劇本到深夜，也不碰那麼喜歡的漫畫和電玩。

說起來，我聽美由貴阿姨說過晶在學校的成績還不錯，所以我完全不懂她為什麼記不住台詞。

——現在該怎麼辦呢？反正還有時間，不用這麼急吧。

「對了，伊藤學妹，妳不用參加練習嗎？」

「對，目前不用。反正我是徹頭徹尾的幕後人員，而且負責的是旁白，當天看著劇本唸就可以了。」

「這樣啊。那就沒問題了。」

「對——啊，學長，不好意思，可以麻煩你幫我打開那個紙箱嗎？」

「噢，嗯——」

我照著伊藤所說，打開寫有「服裝④」字樣的箱子。

裡面放著這次《羅密歐與茱麗葉》要用的服裝。

伊藤把服裝全部拿出箱子，然後整齊放在桌上。

但當她全部放好後又說了聲：「怎麼辦呢……」

「怎麼了嗎？」

「我聽說戲劇社以前也舉辦過《羅密歐與茱麗葉》的公演，可是羅密歐當然是由男生飾演……」

「意思是沒有晶能穿的衣服嗎？」

「我也有點擔心其他角色的服裝……」

之後我和伊藤一一打開寫有「服裝○○」的紙箱查看，但那些混著防蟲劑和霉味的東西沒有一個能用。

到頭來，我們沒找到晶能穿的羅密歐服裝。

「怎麼辦？在這個節骨眼要開始準備服裝了……」

「不能用買的嗎？」

「以預算來說很難再買新的……明天也必須開始準備大道具，油漆的費用其實出乎意料地貴……」

「那要不要拜託手藝社的人？他們也有辦法修改男用服裝吧？」

「原來如此，還有這招！真嶋學長，真有你的！」

其實我也沒出什麼大不了的點子，不過被人誇獎的感覺倒是不賴。

伊藤迅速離開社辦去找手藝社協商，同一時間，晶和陽向與她擦身而過來到我身邊。

「妳們辛苦了。要休息了嗎？」

「對。啊，涼太學長，你剛才跟伊藤同學在說什麼嚴肅的話題嗎？」

「在講服裝啦。」

「服裝？」

「我們剛才確認了大家要穿的服裝，結果擔心尺寸不合。伊藤學妹現在去拜託手藝社的人，看他們能不能想想辦法。」

後來我們三個開始討論「不知道最後服裝會變成什麼樣子」，休息時間就這麼結束了。

過沒多久，伊藤一臉開心地回來。

「真嶋學長，成功了！」

「意思是他們願意幫忙準備服裝？」

「是的！果然應該找手藝社的人商量！」

「謝天謝地。太好了。」

但她的表情卻顯得有點尷尬。

「不過他們有個條件……」

「條件？」

伊藤滿臉通紅地緊閉雙唇，在我追問之下，她只說「要幫忙手藝社」就不再說下去了。

算了，反正服裝問題好不容易可以解決，我就放心了。

當伊藤把這件事告訴西山，大家便說要去手藝社打個招呼。

「真嶋學長，我們先去手藝社一趟喔～」

西山笑著對我這麼說。

「知道了。那我照順序完成這份『工作清單♥』什麼的吧。」

當我語帶諷刺地這麼說，西山卻靠我靠得更近。

「……我把天音留在這裡，可是你不能對她亂來喔。」

她對著我說悄悄話，還嘻嘻笑著。

「我才不會……」

「不過天音對強勢的人沒轍，只要你一直發動攻勢，說不定就手到擒來嘍……」

「我都說不會了……」

「我想也是。畢竟真嶋學長你……」

「啊？我怎樣？」

「沒有，沒什麼！那我走嘍！」

西山笑著率領晶她們離開社辦。

社辦裡只剩下我和伊藤。

變成兩個人獨處了——總覺得莫名尷尬。

都是西山亂說話就落跑害的。

「那個……伊藤學妹，我打算先準備小道具。」

「我知道了。」

伊藤笑著回應我，然後把西山她們放著不用的服裝整齊摺好，再放進紙箱內。

我用眼角餘光看著她，就這麼開始準備小道具。

＊＊＊

事情發生在練習開始第四天，也就是星期五的晚上。

當天我照常陪著晶練習台詞，卻發生了問題。

「——妳那句話又說錯了。」

「啊啊，討厭！我明明知道啊～」

「再重來一次吧。」

「嗯，拜託老哥了。」

雖然還很生澀，但到第一幕的中間為止都好不容易背下來了。卻也終於開始碰壁。

中間以後的台詞，晶怎麼樣都記不住。

這三天跟戲劇社的練習都拿著劇本，不過下週開始就要儘可能不看劇本了。

換句話說，晶必須趁星期五到星期日這段時間，在某種程度上掌握所有台詞。

更麻煩的是，其實晶到現在還是以很生硬的方式唸台詞。

關於這點，我自己也結合上網查到的知識，告訴她該怎麼背台詞、怎麼做才能演得真情流露，可是——

「晶，妳這次跳過一句台詞了……」

「啊啊，討厭！為什麼……」

「妳已經大概背好了吧？所以之後就習慣它。演著演著，台詞就會自然而然脫口而出，再來一次吧。」

「嗯，老哥，對不起……害你陪我練了好幾次……」

——如各位所見，狀況不是很好。

首先，晶的幹勁已經開始慢慢下滑。

晶看起來強勢，其實對自己沒什麼信心，每當她反覆失敗，就會像朵枯萎的花顯得越來越委靡。

她到目前為止，都是靠「自己決定要做」的責任感才勉強支撐，但到了今天，那份責任感卻重重壓在她的肩頭。

「——其實……我在會場遇見一位美麗的佳人。我邀她跳舞，她也馬上答應。對方戴著面具，所以不清楚長相……不清楚長相……呃……——」

「——不過是個聲音令人陶醉的美麗女性。」

「啊啊，討厭！我明明知道啊……」

「這句有點長，沒辦法啦。不對，晶，妳很厲害喔。背了這麼多耶！」

面對誇張的讚賞，晶以困惑的眼神看著我。

「是、是嗎……？」

「對啊。反正還有六日兩天，不用急啦。我們慢慢來吧。」

我這麼替她打氣。

——可是，該怎麼做才能更有效率地記台詞呢？

而且為了演得更自然，又該怎麼做才好呢？

要是不在六日兩天解決這兩個問題，晶的幹勁或許會比現在還低。

而且也不能讓陽向還有戲劇社的人繼續費這麼多心思了，我身為哥哥，這個時候必須為晶做點什麼。

——但其實我也沒什麼信心。

我沒有演戲的經驗，即使再怎麼把上網看到的事告訴晶，還是欠缺可信度。

如果我演過戲……——

「老哥，你怎麼了？」

「啊，沒事，只是在想事情。」

「你在想什麼？」

「在想自己還能替妳做什麼。」

「不用啦，你已經替我做很多了。不用再——」

「不，還不夠。我身為哥哥，想把妳變成舞台上最耀眼的存在。」

「老哥——」

這時晶靠到我身上，輕輕把頭貼在我的胸膛上。

秀髮的香氣瞬間隨著頭的重量傳來。

「——為什麼你總是這麼溫柔呢？說要演的人是我，其實你根本不必幫忙，也不用替我費這麼多心思啊。」

若真是這樣，我也有問題想問。

為什麼妳總是能看穿我的心思？

「……我就是想幫妳啊。這點小事就讓我勞心費神吧。因為我是妳哥啊。」

從我這個角度看不見晶的臉。

但隱約想像得出她現在是什麼樣的表情。

「如果你不是老哥，就不會替我勞心費神了嗎……？」

「不知道耶……」

我邊說邊把手放在晶的頭上，輕輕撫摸這顆小巧的頭。

我猜，不管晶是不是我的妹妹，自己都會為了她採取行動吧。

不過這太難為情了，我說不出口……

「欸，老哥。」

「怎樣？」

「為什麼你是老哥呢？」

她一定是在模仿茱麗葉的台詞吧。

「……因為是我拜託妳這麼叫我的啊。」
所以故意不照著台詞回答，結果晶噗嗤一聲笑出來。
「我不是這個意思啦……笨蛋……」
晶接著環抱我的身體，緊緊摟著我。
——我必須再能幹一點。
我想變成一個對晶而言可靠的存在，變成可靠的——……嗯？
「對了！還有這招！」
「咦？你幹嘛突然大叫？」
我抓住訝異的晶肩膀，將她推開。
「我們身邊不是有個對演戲很熟的人嗎！」
「呃……難道老哥你是說……——」

＊＊＊

「——所以就來找我了嗎？」
星期六的上午，我和晶把她的親生父親姬野建約出來在咖啡廳見面。

建先生是一名演員，有過好幾次演連續劇的經驗，但很可惜我都沒看，甚至沒聽過他的名字。

聽晶說他最近終於接到連續劇的配角工作，所以很忙。

其實那是一齣在有線電視播出的小眾連續劇，但我覺得能上電視已經很厲害了。

「話說回來，昨天接到電話的時候我都嚇到了。沒想到妳會在校慶演主角。」

建先生說著便開心地笑了。隨後馬上以認真的神情豎起食指。

「晶，聽好了。演員的本質啊——」

「不用跟我講這麼深啦，教我怎麼背台詞就好。」

「這、這樣啊……」

他大概是想說什麼很帥的話吧。只見他沮喪地低著頭，真教人同情。

「還有，我不管怎麼做都演得很像機器人……爸爸，這該怎麼辦啊？」

建先生雙手交叉在胸前，歪著頭問：

「妳自己覺得呢？想過自己為什麼背不起來嗎？」

「要是我知道，就不會特地問你了啊。」

「嗯，是這樣沒錯……」

還真是直來直往啊，不過如果他們父女（親子）的關係就是這麼建立的，那倒也無妨。

相較於面貌凶惡的父親，美少女女兒反而比較強勢。從旁人的角度來看實在覺得很有趣。感覺就像在看一齣連續劇一樣。

這時建先生嘴裡嘟囔著「這個嘛～」思考了一會兒後開口：

「如果妳想入戲，就不能光追著文字跑，要用心去唸。只要有了感情，台詞就會自然而然融入妳的腦中。」

「用心？怎麼用心？」

「羅密歐不是喜歡茱麗葉嗎？」

「嗯，對啊。」

「所以啦，晶，妳也要想像心愛的男人，然後把台詞唸出來。」

「什麼！」

建先生見晶滿臉漲紅，接著看著我的臉笑了。

這下連我的臉也忍不住漲紅。

不知道建先生知道多少？或者只是在試探我？

我稍微防備笑得豪爽的建先生，喝下加了糖漿而甜滋滋的冰咖啡。

「我只是假設啦。反正只要投入感情，說起台詞就不會死板了。」

「這、這樣的話，我應該也辦得到。還有嗎？」

「與其記台詞，更重要的是把整篇故事牢記在腦子裡。不能光是追著羅密歐一個人的台詞。既然要演，就要連其他角色的台詞也記好。這麼一來，妳就會抓住整個舞台的氣氛。」

「原來如此，不要著重在台詞，而是故事啊……」

說著說著，建先生的眼神突然銳利地發出光芒。

「話說回來，晶，難道妳現在有喜歡的人嗎？」

「唔——————！」

「咳咳咳咳！」

晶的臉變得比剛才還紅，我則是差點噴出冰咖啡。

「才、才沒有咧！」

「是～喔……不好說吧～？」

晶很明顯慌了。我坐在旁邊也覺得很尷尬。

「——算了，不管對方是誰，既然是妳選的人，只要不是太離譜，我都會替妳加油。下次介紹給我認識吧。」

「都、都說沒有了！我……我要去洗手間！」

晶說完便慌慌張張離去。

「……真是的，她還是老樣子，拐彎抹角的個性依舊沒改呢。」

「啊哈哈哈……請別太捉弄她了。」

「別說這個了，真嶋，你太寵她嘍？」

經他這麼一說，我想起光惺也說我太過度保護。難道在旁人眼裡，我有這麼寵溺晶嗎？

「但追根究柢，我也沒資格說這種話啦——」

建先生說完喝了一口咖啡，然後一臉苦澀。

「——話說回來，沒想到你們會來問我呢。」

「是啊。我們想說問身邊的專業人士最妥當。」

「……你是在替我們著想吧？為了讓我跟晶見面。」

「不，沒有這種事……說到晶可以依賴的對象，我就只能想到你。」

來問他的理由有一半是這樣，至於另一半就跟建先生說的一樣，是因為我希望他們兩人能正常見面、聊天。

自從我揪住建先生的衣領那天後，他們就沒有再見過面。

雖然偶爾會用手機聯繫，我覺得還是直接見面聊會比較好，所以才請晶問建先生能不能見面。

「但真沒想到那個晶居然要演戲啊……為什麼會變成這樣？」

「她跟我說過你的事。說你念書的時候很怕生……」

「那傢伙對你說過這種事啊？」

「對。然後她也想跟你一樣克服怕生的毛病。」

「這樣啊……如果是她本人的希望，那就好好努力吧。只是……」

「還是會擔心嗎？」

「是啊。」

「我也是。所以才會來拜託你。」

這時建先生突然一臉愧疚。

「勞煩你了。還有上次的事，我們真是一直受到你的照顧……」

「不會，就跟你把晶託付給我一樣，這是我自己想做的事，所以不覺得辛苦喔。」

我說完，建先生一臉認真地盯著我看。

「怎、怎麼了嗎？」

「……喂，真嶋。我問個問題，你喜歡晶嗎？」

「呃……！幹嘛突然問這個？我當然是把她當成家人一樣重視！」

「真死板耶……你從沒交過女朋友對吧？」

「不、不用你雞婆！」

「要我帶你去有大姊姊的店裡坐坐嗎？」

「啥！為什麼會扯到那個啊！」

「你很傷腦筋，不知道該怎麼對待晶吧？都寫在你臉上嘍。」

我很想吐槽他「到底寫了些什麼」，不過我有這麼好懂嗎？

「唉，年紀相仿的男女一起生活，難免會這樣啦，可是你太死板了。根本不習慣與女人相處。」

「拜託，我都說自己是以哥哥的身分——」

「所以我才說帶你去有大姊姊的店——」

「——喂，你們兩個在聊些什麼啊～？」

「呃……」

「晶……」

晶不知道什麼時候回來了。

「爸爸，『大姊姊』是怎麼一回事？老哥，你對那個有興趣嗎？」

「沒有沒有沒有！是建先生冷不防就提起——」

「喂，真嶋！我是為了你好才說的耶！」

「老哥和爸爸都是笨蛋！」

之後我們為了安撫氣炸的晶，花了好多時間。

其實我也沒資格說別人，但經過這件事，我覺得建先生也該習慣怎麼應對正值青春期的女兒。

回家之前，建先生突然想起一件事，隨著一聲「對了」從手拿包裡掏出一張ＤＶＤ。

「不知道這個能不能當成參考，這是我以前演《羅密歐與茱麗葉》舞台劇時的東西。」

「我們可以借一下嗎？」

「送你們了。我手上有母片。」

「爸爸，謝謝你。」

建先生面對晶露出一抹笑容。

「活動是叫花音祭嗎？其實要看我的行程，不過我打算去看，所以妳要加油喔。」

「嗯！」

「好，這個回答很棒。」

建先生說完，接著把手伸到我面前。

「真嶋，晶就拜託你了喔。」

「好！」

他的手就像樹枝一樣粗糙僵硬，同時帶有一股熱能。

他用力握著我的手，我也堅定地回握。

代表自己會遵守我們之間的約定。

＊＊＊

當晚，我們立刻觀看建先生送的ＤＶＤ。

我和晶的房間沒有電視。

老爸和美由貴阿姨又在一樓客廳，總覺得不太好。

所以我跟老爸借了他在家幾乎不用的筆記型電腦，兩個人一起在我的房間看。

「老哥，來，耳機。」

晶把一對耳機的其中一邊塞進耳裡，然後將另一邊遞給我。

當ＤＶＤ開始播放，晶顯得有些興奮。

「啊，是爸爸。」

「建先生好年輕喔～」

畫面標示著拍攝日期，距今十五年前——換言之，是晶出生一年後所拍的。

建先生當時身材纖細，容貌充滿正氣，讓人一瞬之間認不出來。不過還是能隱約看出造就他現在外表肅穆的那份氣質，就藏在那副軀體之中。

「爸爸的身材比現在還瘦耶。」

「對啊。」

當建先生開始演戲，我們就目不轉睛地盯著他看。

無論是站在舞台中央還是在兩側，他都會配合旁人的動作演戲。

如果只是學校的成果發表會，或許可以呆站在舞台角落不動。

但行家就是不一樣。連沒有台詞的時候，也持續以表情和肢體演繹角色。

我看著影像，出乎意料地受到感動。這份感動不算是觀劇獲得的模糊感動，而是身為一個接觸過戲劇的人會感受到的特有情緒。

晶似乎也一樣，她看完之後深深吐出感嘆的氣息。

「真不愧是行家……」

「對啊。」

「爸爸以前說過。演員和舞台劇演員不一樣，他無論如何都是個舞台劇演員。」

「咦？哪裡不一樣？」

「演員是把角色放進自己體內，而舞台劇演員是把自己放入角色之中。」

我一邊想著原來還有這層含意，一邊思考這兩個名詞的意義。

不過在晶的心中似乎有答案了。

「其實我想演的是茱麗葉。所以才沒有去了解羅密歐的心情。」

「這樣啊。也就是沒有真正入戲是吧……」

「可是已經沒問題了。雖然不太具體，我從爸爸的建議抓到訣竅了。」

「是嗎？那就沒問題了吧？」

「嗯。我好像懂爸爸為什麼會執著於當演員了。」

「嗯？為什麼？」

「原因很簡單。他很享受演戲。」

「是呢。我也覺得妳說得沒錯。難得要演，就得樂在其中才行嘛。」

「嗯！」

我心裡想著，有讓她和建先生見面真是太好了。

晶感覺就像脫胎換骨一樣，表情顯得開朗許多。

10 OCTOBER

10月9日（六）

今天我見到好久不見的爸爸了。
爸爸工作好像很辛苦，跟我見面真的好嗎？
他有好好吃飯嗎？感覺瘦了一點，我好擔心……
爸爸教了我很多演戲的觀念。
要用心唸台詞，不要光記台詞也要了解故事啊……
好像可以理解。我以前都只想著要把文字記下來。
然而並沒有去體會登場人物的心境。
只要想著老哥唸台詞就的確記得住！我要加油了！

對了對了，順便說一下……
我跟老哥晚上一起看了爸爸送的DVD。
爸爸演得很拚，可是感覺好像很開心。
我似乎明白他為什麼堅持要當演員了。
爸爸真的好厲害。雖然不紅……
我也要加油，像爸爸一樣克服怕生的毛病！
我現在就來練習！

第5話「其實我搞懂戲劇社的企圖了……」

Jitsuha imouto deshita.

看過建先生送的DVD後，晶的狀況逐漸好轉。

晨跑雖然還是上氣不接下氣，但能確實跑完三十分鐘。這都是多虧她平時的努力，已經好好養成體力了。

從星期一開始進行的走位排演，她從開頭直到中間都可以不看劇本就說出台詞。

休息時間也始終盯著劇本，不知道在想些什麼——我才剛這麼想，她就拿起紅筆在劇本上寫字。這時候西山和伊藤向她搭話。

「晶，妳比上個星期進步不少耶！我們也不能輸給妳！」

「晶，妳好厲害！居然在這麼短的時間內把台詞背好了！」

「沒有啦，我還差得遠啦～……」

被西山和伊藤誇獎，晶顯得非常害臊。

她果然是建先生的孩子。擁有尚未顯現的才能，大家都對她的成長感到訝異。

——她跟我擁有的天賦不一樣。這就是孟德爾定律嗎……

當我一面想著這些，一面從遠處看著晶時，陽向來到我身邊。

「晶好厲害喔！涼太學長，你給了她什麼建議嗎？」

「沒有，我沒說什麼。是她的爸爸教了她一點訣竅。」

「她的爸爸？」

「是一個叫姬野建的演員。晶沒跟妳說過嗎？」

「我第一次聽說！這樣啊，原來她的爸爸是演員啊～」

看來即使是感情好的朋友，也還沒提及這個話題。

想想也是。要不是本人主動開口，旁人本來就不好介入與家人相關的話題。而且視對象而定，也會是個不想讓人知道的話題。

事實上，我就沒跟老爸和美由貴阿姨問過建先生的事，我之前對他一無所知，甚至還揪著對方的衣領恐嚇他。

「學長，你見過晶的爸爸嗎？」

「只見過兩次。其實我第一次見到他的時候搞砸了，第二次才好好說到話。」

「這樣啊……」

陽向的表情顯得有些黯淡。

「怎麼了嗎？」

「啊，沒有──我只是有點羨慕晶。」
「咦？羨慕？」
「因為她在父母分開之後還會跟父親見面，而且涼太學長也隨時陪著她。」
「先不說跟爸爸見面的部分，為什麼有我陪會讓妳羨慕？」
面對我的問題，陽向露出有些落寞的表情。
「其實我總是忍不住拿你跟哥哥比較。要是哥哥也像學長一樣，是個溫柔體貼的人就好了……」
「啊哈哈哈……先別管我溫不溫柔，我大概知道妳想說什麼。」
光惺那傢伙在家一定也很冷淡吧……
「哥哥總是擺著一張臭臉，根本不曉得他在想什麼……」
「是啊，我跟他的交情也很久了，但搞不太懂那傢伙在想什麼。」
「就是說嘛……」
「不過他為人不壞，我覺得他確實有在替妳著想喔。」
「是這樣嗎？」
「是啊，一定是。」
我們說到這裡，晶一臉開朗地跑過來。

「老哥，陽向。」

「晶，辛苦了。」

「她們說接下來換陽向演了。」

「嗯，謝謝妳。」

陽向握緊劇本，回到西山她們的圈子。

「晶，妳還好嗎？」

「呼～……——台詞好多，果然很辛苦。不過我是不是比之前好多了？」

「是啊，妳很厲害喔。我都看到了，比上個星期好很多。」

「是、是嗎？欸嘿嘿嘿♪」

晶拿著毛巾擦拭額頭的汗水，開心地笑了。

看她這樣我也很高興。

這樣的表情以前只會出現在家裡，這是我第一次在外面看到她表現得如此開朗。

「對了，老哥你剛才在跟陽向聊什麼？」

「說妳很厲害，還有建先生的事。」

「爸爸？」

「妳沒跟陽向提過嗎？」

「啊，嗯。」

「抱歉，我以為妳有說過就擅自說出來了……」

「咦？無所謂啊。我只是沒機會告訴她，又不是想當成祕密。」

「這樣啊。那就好。」

我稍微放下心來，晶便坐到我身邊，身體整個靠過來說：「對了，老哥。」

「怎、怎麼樣？」

「你剛才跟陽向的氣氛很好嘛。」

「妳是怎麼看的，才會有這種感覺啊？跟平常一樣吧？」

「真的嗎？你很遲鈍所以完全不懂啦～……」

「都說了，我跟陽向不是妳想的那樣……」

我在無奈之中看向正在排演的陽向。

西山飾演勞倫斯神父，她不愧是拉著戲劇社前進的人，果然演得很好。

另一方面，陽向的舉手投足也非常精彩。儘管有半年以上的空窗期，卻也不愧是過去擔綱主角的戲劇社成員。

「她們兩個人真的演得很好耶。」

「就是啊。不愧是演過戲的人。」

「我也得多練習一點……」

「就是這樣——對了，晶，妳的劇本可以借我看嗎？」

「咦？好啊——拿去。」

我從晶的手中接過劇本，發現上面各處都貼滿標籤。我隨便翻開一頁，看到裡面用紅筆寫滿了字——

「晶，這是……」

「嗯？怎麼了？」

「妳不只看羅密歐的台詞，其他登場人物也……全看了？」

「喔，嗯。我只是照爸爸說的去做而已啦……」

沒想到晶的劇本上，寫滿了羅密歐以外角色的詳細動作。

就連空白處也寫滿了微妙的感情變化。

「這樣很辛苦吧？」

「是很辛苦，可是該怎麼說……多虧這樣，我才有辦法綜觀整個舞台。」

「綜觀？」

「我以前只是拚命想記住羅密歐的台詞。然而當我想去理解羅密歐的心情，就開始想知道身邊其他人物的心情——」

晶對著我伸手，我便把劇本放在她的手上。

「——結果就一發不可收拾了。我變得想知道更多，還有其他人在想什麼。」

「這樣啊……」

看到晶寶貝似的抱著劇本，我感覺自己的嘴角自然而然揚起。

「另外就是我喜歡戲劇社（這裡）。」

「咦？」

「這裡有和紗、天音、沙耶、利步、柚子……還有陽向，我喜歡這個有大家的地方。」

晶瞇起眼睛，看著正在練習的社團成員。

「這樣啊……晶，妳變了耶。我覺得……這樣很好。」

「是嗎？」

「是啊。我覺得妳真的變了。」

我的話讓晶露出一抹苦笑。

「如果我變了，那都是多虧了魔鬼老哥啦。從早到晚都不肯放過我……」

「那只能算是小試身手吧？我可還沒認真喔？」

「嗚呃～……要是比現在更猛，我的身體撐不住啦～……」

當我和晶開玩笑地說著這些話時，伊藤在一旁不知道為什麼滿臉通紅。

「伊藤學妹，妳怎麼了？」

「呃……！沒、沒『素』！」

「……『素』？啊，伊藤學——」

伊藤匆匆忙忙離開社辦了。

……到底是怎麼了啊？

我和晶雙雙看著伊藤離開的那扇門。

＊＊＊

當天晚上。

晶結束重訓後，開始和我練習唸台詞，但到了某個場面，晶卻「嗯～」地發出呻吟。

「怎麼了？」

「這個地方果然很難……」

晶說的是最後的場面——吻戲。

「如果在學校有練習，應該沒問題吧？」

「是這樣沒錯，但我就是搞不太懂……」

「放心啦——好了，該睡覺了。晚安～」

我催促晶就寢，她卻一臉困惑地看著我。

「怎、怎樣啦？」

「老哥，你是不是故意輕鬆帶過？」

「帶過？帶過什麼……？」

「就是吻戲的練習啊，你是不是故意不跟我練？」

——被她看穿我是故意不提吻戲的啊……

「老哥，你該不會是不好意思吧？」

「沒有，不是這樣——」

——說實話我確實很不好意思，應該說覺得很害羞。

儘管是練習，卻是吻戲。就算現在陪練的人不是我，也都會想輕輕帶過吧……

「現在離平常的就寢時間還早吧？反正機會難得，來練一下嘛。」

「不對，現在已經是乖寶寶睡覺的時間。十一點了耶。明天一早也要——」

「這是後半段的高潮，是很重要的場景。老哥，拜託你啦～」

「唔……！」

這裡確實是很重要的場景。

但問題在於因為對象是晶，我才會想逃避。

正常男女練習也會覺得尷尬，更別說是晶，我當然會想避開。

「馬上來試試看吧。」

「不不不，慢著。妳跟我練也沒什麼意思吧？如果要練，應該找陽向吧？」

「這個場面是親吻變成假死狀態的茱麗葉，所以老哥你只要閉著眼睛就行了喔？」

問題也不在這裡。

練習？真的是練習嗎？

但自己並未在晶的表情上看見開玩笑或嘲弄我的模樣。

那讓我覺得她只是一心想練習，完全沒有我擔憂的成分。

我反省自己太敏感之後說了聲「好吧」答應她，於是晶要我躺在床上。

我照著她所說乖乖躺在床上。

心跳開始加速，但我不斷告訴自己：這是練習。

「那我要開始了喔。」

「好，來吧。」

我將眼睛瞇成一條縫窺探晶，並在腦中反芻她接下來要說的台詞。

這個場面的流程大概是這樣——

茱麗葉喝下勞倫斯神父給的會陷入假死狀態的毒藥。

目的在於讓身邊的人都以為她死了，換句話說，其實還活著。

但羅密歐不知道這件事，完全以為茱麗葉已死，因此在悲傷之際——

「——啊啊，茱麗葉……妳真的死了嗎？至少再一句話也好，我還想聽聽妳那溫柔婉約的聲音啊……妳為何要急著赴死？為何要丟下我？」

正當我佩服晶的演技真的變好時，她立刻用力抓住我的肩膀——

「妳果然長得很美。」

然後道出這句對我而言是禁忌的句子。

「呼唔！」

我忍不住睜開眼睛。

「喂，老哥，你幹嘛醒來啦！」

雖然被晶罵了，但我真心希望唯有那句台詞她能放過我。

因為那會讓我想起以前誤會晶，要天兵時的事——

『你長得果然很好看耶。』

——不對，現在狀況完全不同，但我就是會想起當時的事。

誤會她是弟弟時所做的事，如今依舊讓我感到丟臉難堪，無所適從。

「抱歉，我忍不住……」

「真是的，你怎麼突然這樣？從中間重來喔。來，眼睛閉起來。」

「啊，嗯……」

接著晶再度抓著我的肩，重說了一次「妳果然長得很美」。

「——妳感覺就像靜靜安睡了一樣。純淨的臉，柔軟的臉頰，惹人憐愛的唇瓣……眼眸……啊啊，妳的眼眸閉得好緊，難道妳再也不會睜開眼睛，對著我笑了嗎……——」

晶持續說著台詞，我則是有些尷尬地靜待結束。

「——與其忍著這樣的苦楚和恥辱活著，不如捨棄這個世界，和妳一同前往那個晴朗的天空國度……茱麗葉，等等我，我馬上就過去——」

我的視野逐漸轉暗，她垂落的瀏海輕撫我的臉頰，感覺得到晶的體溫慢慢靠近。

慢慢靠近、靠近、靠近……來到近在咫尺的距離。

呃？不對，已經夠近了吧？

再繼續靠近不太妙吧？

再多個幾公分，就會——

「——喂！」

我急忙抓著晶的肩膀，把她推了回去。

「呀！幹嘛又突然這樣？」

「臉靠得太近了！難道妳想真的親下去嗎！」

「我、我都說了，這是練習啊！」

「就算是練習，這也太近了！只要讓觀眾覺得『有親到嗎？』就行了！」

「可是和紗叫我靠到不能再近為止啊。還說不然『真的親下去』也沒差……但我再怎麼大膽，也不會親下去啦～……」

「那個女人……」

儘管是練習，這個尺度也太大了。

晶好像以為她說得就是這麼一回事，但我可不會被騙。

我最近已經漸漸明瞭，西山果然有問題。

我就覺得晶和陽向擁抱的場面莫名地多，再加上這個大尺度的吻戲指令……

本來就在懷疑是這麼一回事，但沒想到她真的……

看來必須稍微跟她說清楚了。

＊＊＊

隔天午休，我前往一年級教室把西山找出來。

我們來到戲劇社的社辦。我決定心一橫，挑明這陣子的疑問。

「西山，我想跟妳談談晶和陽向……」

「喔，她們啊？哎呀～她們真是很棒的一對耶～」

「關於這件事，妳不覺得她們……就是……黏得太緊了嗎？」

「黏太緊？什麼意思？」

「就是……呃……黏太緊就是黏太緊啊……」

西山見我有口難言，「啊」了一聲洞察我的心思。

「你是說擁抱的場面跟吻戲嗎？」

「對。我不是否定那些，但是不是太過火了？」

「嗯……我自己是覺得尺度大一點比較好啦……」

「不對，這不是高中生的表演嗎？應該沒有必要這麼講究吧？」

「高中生的表演……？」

西山的表情變得不悅。

「學長，你的意思是這不過是區區高中生的表演嗎？」

「不是，我沒有這麼說。」

西山的反應意外強烈，讓我有些訝異。

「只是覺得做得太過火不是很好──」

「對學長來說，這齣戲可能就這點程度，但我討厭做事不上不下、隨隨便便。」

「……妳聽過『中庸』這個詞嗎？這是孔子說的話，意思是凡事適可而止。適可而止就是『停在恰當的地方』的意思，『適當』這個詞也是剛剛好的意思──」

「適可而止只能滿足自己人喔？觀眾可不一樣。要是不做出符合觀眾期待的事物，或是大於期待的事物，他們就不會滿足。」

──原來如此。她堅持的部分是這個啊。

「妳是說，與其因為不上不下的演技掃了觀眾的興，不如大尺度的演出嗎？」

「我是不打算惱羞承認，不過學長說的也不算錯。」

「可是演出的人不是戲劇社的成員，是晶和陽向。」

「學長為什麼要把她們跟戲劇社分開思考？大家不都是演戲的夥伴嗎？」

「妳要說是夥伴，那也沒錯──可是妳們的立場不同。廣義來說是夥伴沒錯，可是我覺得妳已經過度把她們捲進戲劇社的家務事了。」

「戲劇社的家務事？」

「對——妳也該說清楚了。為什麼要找她們？」

我之前就覺得她之所以找上不是社團成員的晶和陽向，一定另有目的。事情到了這個節骨眼，就說清楚講明白吧。

「妳想利用她們兩個人達成自己的目的吧？」

「利用？目的？」

「否則打從一開始就會有《羅密歐與茱麗葉》以外的選項吧？我聽伊藤學妹說過，妳們以前都是表演朗讀劇，照理說應該會選戲劇社自己就能完成的活動。」

「這個……」

「那兩個人——唉，我是自己人，這麼說可能不太好，不過她們很有才華。講得更白一點，都是美少女。妳選上那兩個美少女演主角，我只覺得妳別有用心。」

西山靜靜地聽我說完，最後「唉～」地嘆了口氣——

「……投降。那我只對學長說出真相。」

說出這句話的她，感覺有些自暴自棄。

「學長有聽說戲劇社是今年復活的嗎？」

「晶跟我說過大概——」

「其實我們今年就要廢社了。」

「啊……？」

我忍不住一臉驚訝，西山卻只是溫柔地瞇起眼睛。

「騙人的吧？」

「不，這是真的。天音她們這些成員也都知道這件事。只不過為了避免學長和晶她們因此有所顧慮，我們本來打算把這件事當成祕密……」

「原來是這樣……」

「說是這麼說，其實是要達成一定的條件，否則便會確定廢社，所以我們拜託當顧問的老師，好不容易才努力到現在。」

「條件？是社團成員要五個人以上之類的嗎？」

「不，是實際成績。」

「實際成績……要妳們參加比賽，然後得獎嗎？」

「參加比賽也是其中之一，不過學校原本就會審查社團有沒有確實運作，所以我們社團被老師們盯上了。」

「為什麼？妳們不是一直都很努力嗎？」

伊藤和其他社團成員們都比我想像中更熱衷於練習。

我以為她們社團整體都很有幹勁……

「在晶她們參加之前，我們就像天音說的會進行非公開的朗讀劇，或是觀看戲劇影片當成社團活動。還一邊說『總有一天想試試大型的活動呢』……」

西山一臉懷念地說著，卻又馬上露出尷尬的苦笑。

「這樣啊……」

「可是進入第二學期後，學生會召開了預算會議，沒有實績的社團會被降為同好會，又或者廢社。」

也就是所謂的刪減預算或降低開銷啊。

「即使如此學生會的人還是很願意幫忙，想盡辦法說服老師們留下戲劇社，但老師們還是說，如果不辦個像這次這麼大的企畫，恐怕很難同意……」

所以才要演《羅密歐與茱麗葉》啊。

「擔任社團顧問的老師有說什麼嗎？」

「之前擔任顧問的老師只做到去年，今年換人了。現在的顧問是石塚老師，可是他還身兼羽球社的顧問，對演戲沒什麼興趣……」

原來顧問從未露臉的理由是這個啊。問題真是層出不窮耶……

「既然這樣，變成同好會也不錯吧？就算沒預算，大家還是可以偶爾一起辦活動……」

「其實也不能這麼說。同好會沒有預算也不會有社辦。」

「也就是說，妳們會被趕出這裡？」

「對……」

西山環伺整個社辦，表情顯得有些悲痛。

「雖然只有半年，這裡對我和天音她們來說卻是充滿回憶的地方喔……」

聽完西山說的話，我不禁無言以對。

若說我了解西山和伊藤她們的心情，那麼未免太厚臉皮了。

畢竟我頂多算是跟著晶一起來的附屬品，不可能輕鬆以一句「原來如此」，就全盤接受她們在這半年間創造的回憶和心情。

只不過我切身感受到西山想守護這個用情至深的戲劇社的心情。

「社團能不能保留……說實話情況很嚴峻。可是我們想說，只要能留下成績或許就能留下社團，所以才把一切賭在這次的花音祭上。畢竟這場公演就是今年最後的機會了。」

「所以才找上晶和陽向嗎……」

「可是我沒有利用她們的意思！陽向從國中開始就是個天才，我認同這一點，想說一定要找她！」

這點我懂，陽向演過戲，不只有才能還願意努力。

「那晶呢？」

「這純粹是我自己的感覺，可能不算一個正當理由——」

西山稍微思考了一下。

「——我在請她幫忙戲劇社之前，曾經跟她說過一次話。當時我覺得她是個擁有豐富想像力和強烈感受力的人。」

「想像力和感受力？」

「晶她雖然怕生，卻很擅長汲取他人的心情。應該說她會去理解他人，而且是過度了解他人……」

她這麼一說，我稍微可以同意。

晶和我保持距離的方式非常有一套。

事實上，我現在很煩惱自己跟她相處的距離，即使她有時稍微過火了點，卻不會霸道地做出我真心討厭的事。

這樣的說法或許很微妙，但我無法討厭晶。儘管心裡有些無法招架，還是逐漸安於她的步調。

如果這和她的感受力與想像力有關，那我能接受西山說的這些。

晶汲取我的心情，甚至想像我的心情，測試著我的容忍上限。

當然了，我不認為這是基於她自己的心機算計。

「而且晶是願意努力的人。也有不管做什麼事都會乖乖努力的直率性格。」

「是啊，我一直在她身邊，這點看得很清楚。」

「學長，你對她最近的成長有什麼想法？」

「這個嘛……她都那麼努力了，所以自然有現在的成果吧？」

「正常來說，剛開始演戲的人應該還會有點生澀喔。她的成長速度並不正常。不知該說是入戲太深，還是人格轉換了……」

感受力和想像力──換個說法，這或許就是晶怕生的原因。

人與人相處時本來不必如此費心在一個人身上，晶卻會不斷汲取他人的心思。

「所以我才會試著邀請她，看來是正確的決定。不過正如真嶋學長所說，確實是有點做過頭了……」

「咦？」

「因為晶和陽向太厲害，演戲實在太好玩，我忍不住有點沒了分寸。關於這點我會反省──對不起。」

西山說完便低頭向我道歉。

「呃……啊，不會……我才該道歉，不知道有這些苦衷還懷疑妳，很抱歉……」

我也反射性低頭道歉。

深深反省自己把她想得太壞了。

她不是想利用晶和陽向，只是尋求她們的幫助。

別說利用了，西山甚至看穿晶的才華。我卻只想著該怎麼保護晶……

這下我深切明白自己的缺點了，一旦事情和晶有關我就會一頭熱。

同時，我也對戲劇社逐漸產生興趣。

我想協助晶。

為此，或許必須跟西山她們學習更多演戲的知識。

這裡是晶除了家中，另一個可以做自己的地方，也是她說喜歡的地方。

如果她指的是戲劇社本身，那我也想保護這個地方。

就算是為了發揮西山發掘的晶的長處，這個地方也必須繼續存在。

正當我這麼想，西山突然露出笑容。

「學長，不過呢……其實我好像已經心滿意足了。」

「咦？」

「好不容易可以跟大家做一些很像戲劇社會做的事情了。再要求更多，感覺實在太貪心了……」

西山笑得宛如已死心，讓她看起來跟平常不同，總覺得遙不可及，變得很小很小。

「沒有這回事吧？什麼心滿意足……事情又還沒結束……」

我實在按捺不住，以溫柔的口吻開口，西山卻突然濕了眼眶。

「學長……」

「所以以後也跟大家一起——」

「我現在說的話請你絕對保密。因為是你，我才說的……」

「咦？」

「這件事我還沒告訴天音她們——」

接著，她尷尬地笑了。

「——等這次花音祭結束，我就要搬家了。」

說完，西山落下一滴淚水。

＊　＊　＊

當天放學後，我稍微晚了一點才來到戲劇社的社辦。

「老哥，你好慢喔。」

「涼太學長，發生什麼事了嗎？」

我無視正在準備的晶和陽向的疑問，筆直朝著西山走去。

「真嶋學長？你找我有事嗎？」

「我有東西要給妳——」

「什麼東西？」

我在開口前先在桌上放了一張紙。

「呃……！學長，這是……」

西山訝異地睜大眼睛。

晶、陽向，還有其他社團成員看到我拿出來的紙，紛紛啞口無言。要說為什麼——

「這是入社申請書。我也要加入戲劇社。」

——因為我已經下了這個決定。

「學長，這是為什麼……？不行啦，你這是在同情我——」

「不對，這個代表我的決心。」

西山的眼眶泛出淚光，但我蓋過她的話語，畢竟現在還不是說出那件事的時候。

「為了支援晶的陽向、西山、伊藤學妹妳們，我也想認真讓這次的公演成功。」

說實話，也有部分原因是我被西山感化了。

她為了守護重要的東西，已經被逼急了。她的這份心思跟我想保護晶是一樣的，因此產生共鳴。

為了保護晶，我大概什麼都會做，也都辦得到。

當然了，這次我想做的事情頂多是支援晶。

為了讓晶在舞台上發光發熱，我也想認真面對這一切。

可是我只把注目焦點放在晶一個人身上，看不見其他事物。

只見樹木，不見森林——我就像這句話一樣目光狹隘。

即使每個人對這次公演所用的心思不同，目的也都是要讓公演成功。

而唯有公演成功，晶才會在真正的意義上擁有改變的機會，這是我的想法。

因此更進一步地說，為了發現晶的長處的西山、和晶一起努力的其他社團成員，還有陽向，我無論如何都希望這場公演成功。

我看向瞪大眼睛的晶。

我也想守護能讓晶放心做自己的場所，想守護她說喜歡的這個場所——

「所以這個代表了我的覺悟與想表明的意志。」

——因此我決定加入社團。

＊＊＊

當天回家的路上，晶走在我身旁，不知道為什麼一臉五味雜陳。

「老哥，關於你突然入社那件事……」

「怎麼了嗎？」

「我在想，你為什麼要做到那種地步？」

「剛才也說過了，是要表明我的意志喔。告訴大家『我是認真的』。」

「如果要表明意志，也不用加入社團吧？」

「啊，其實……」

我覺得現在還不該把戲劇社的事告訴晶，所以把另一個理由告訴她了。

「純粹是我覺得自己什麼都沒變啦。」

「你說想改變，為什麼？」

「因為妳啊。」

「我？」

「我覺得妳在這幾天真的變了。我大概是感覺被妳拋在腦後吧。」

「我有變那麼多嗎？」

「有啊。妳比以前更有自信，更重要的是我看著和大家一起享受演戲的妳，自己也覺得很高興。」

晶害羞地低頭說了聲：「是這樣嗎？」

「可是再這樣下去，我身為哥哥……不對，是我自己很沒用。」

「才沒有這種事！就是因為有你在，我才——」

「不，實際上我一直在逃避。妳覺得我溫柔，其實是優柔寡斷。妳覺得我可靠，是因為我怕自己不再被妳依賴。感覺好像會落單……」

「老哥……」

我輕輕把手放在晶的頭上。

「所以晶，我也會改變喔。這是為了妳。」

只見晶臉頰刷紅，睜大眼睛看著我。

之後，晶在到家前都不再說話。感覺跟平常的「乖乖牌模式」不太一樣。

10 OCTOBER

10月14日（四）

老哥好可疑……

我最近常看到他跟戲劇社的人或陽向說話……

之前他也跟天音還有陽向說話，今天則是碰巧被我看到他在午休時，跟和紗不知道去了哪裡……

和紗跟老哥感覺好像發生了什麼事。

老哥隨後就交了入社申請書，所以我覺得他跟和紗之間一定有什麼！

……話說為什麼我最近一直在吃醋啊……

我不喜歡老哥跟其他女孩子太要好……

之前，因為他最後還是來到我身邊，我也覺得那樣就好，但是我其實在逞強……

還是希望老哥眼裡只有我一個人啊……

我擔心地詢問之後，老哥說他是怕我不再依賴他，感覺好像會落單。還說他為了我也想改變……

我怎麼可能丟下老哥嘛！

我以後要永遠跟老哥在一起耶！

老哥很溫柔！很可靠！

我知道可能是因為自己最喜歡他，才會這麼覺得，可是我以後還是想永遠跟他在一起！

哎喲，不行了！不知道該寫些什麼了！

所以今天就寫到這裡！

第6話「其實我家要舉辦一場料理對決……」

Jitsuha imouto deshita.

十月十七日，星期日。

前一天練習了半天，照理說累積了不少疲勞，但我和晶還是完成晨跑這個每天的例行公事，並在客廳練習台詞直到即將中午。

晚一點陽向會來我們家跟晶一起練習。

順帶一提，晶已經幾乎背好羅密歐的台詞了。

如今其他角色的台詞也很熟稔，茱麗葉和她有很多對手戲，所以她也幾乎記住了。

至於我，則是在跟晶練習的期間完全記下了羅密歐的台詞。

在晶就寢之後，我會偷偷看建先生給的ＤＶＤ模仿他的動作和表情。我認為這麼做或許可以在演技上給晶一點建議。

我和晶就像這樣，已經一頭栽進演戲裡，一回過神來才發現我們冷落了書架上的漫畫和客廳的電玩。

中午過後，我們家的門鈴響了。

美由貴阿姨小跑步前往玄關。

「阿姨好，初次見面，我是上田陽向。」

「哎呀哎呀，妳就是陽向？我是美由貴。晶平時受妳照顧了。」

「哪裡，應該是晶同學和涼太學長在照顧我才對。」

「啊，在玄關也不好說話，請進吧。」

「好，打擾了。」

——我聽見玄關傳來這樣的寒暄。

「晶，陽向來了喔。」

「嗯，我知道了！」

晶答應之後便合起劇本前往玄關。

「對了，老哥你等一下要幹嘛？」

「我要和老爸去公眾澡堂。想說好久沒有互相刷背了——」

之後我和陽向稍微打了聲招呼，就和老爸一起前往澡堂。

＊＊＊

我和老爸回到家，已經過了下午四點半。

才剛回家，老爸就跟美由貴阿姨一起出門買東西兼吃飯了。他們說要去約會，但對小孩來說這句話聽起來就是有點怪。

我也稍微體貼一下，偶爾也該讓他們夫妻獨處，所以告訴他們，我們會自己處理晚餐。

老爸他們出門之後，我拿著在回家途中買的泡芙和飲料走上二樓慰勞兩人。

「我回來了。有買泡芙喔。」

「老哥，你回來啦。謝謝。」

「涼太學長，打擾了。」

當我要把裝有泡芙的盒子交給晶時——

「嗯，可是啊～……」

晶卻露出微妙的表情。

「怎麼了？」

「其實媽媽剛才有準備點心給我們耶。」

「所以妳不餓嗎？」

「不是。已經開始有點餓了，但要是吃掉泡芙，晚餐就……」

如果現在吃了什麼東西，晚餐就吃不下了。我應該再早點回來才對。

這時候，晶說聲「對了」似乎想到什麼點子。

「今天晚餐稍微早一點吃，然後這盒泡芙就給陽向帶回家吧。」

「也對──那麼陽向，妳回家時記得拿喔。」

「呃？這樣不好意思啦……」

「沒關係啦。反正裡面剛好有兩份，妳拿回去跟光惺一起吃吧。」

「這樣啊。那我就收下了。學長，謝謝你。」

接著我放下飲料準備離開房間。

「老哥，我們晚餐吃什麼？」

「我來準備吧。妳們就練習到最後──」

話還沒說完，晶便抓住我的手。

「欸嘿嘿嘿，那我煮給你吃吧？」

她笑著這麼說。

但我「咦？」了一聲，露出有些不情願的表情。

「不用了，沒關係。我猜美由貴阿姨應該有把做好的菜放在冰箱，我弄熱就好了。」

「我來煮啦。因為你很照顧我啊。」

「是我自己喜歡照顧妳。不用放在心上啦。」

「不不不，我的意思就是要答謝，所以我來——」

「不不不，都說了，妳不用謝我——」

我們一來一往，最後晶一臉不悅。

「老哥，你的意思該不會是我煮的菜不能吃吧？」

「不是啦。不是這樣……」

我絕對不是說晶煮的菜難吃。

相反的，上次曾經吃過一次晶炒的菜，說實話很好吃——那個炒菜用的料理醬。

順帶一提，晶炒青菜的方式是這樣——

①把豬肉絲放進熱好油的鍋子裡炒。（沒有先調味）

②把超市蔬菜區賣的什錦蔬菜放入①。（不用菜刀）

③②炒熟後，加入炒菜用的料理醬。（一種調味料）

④裝盤完成。（應該說直接把平底鍋放在隔熱墊上也行）

那的確算是一道菜，但感覺好像哪裡有什麼微妙的不同……

不費工並省略調味料的手作料理，或者該說是省時料理……不對，省時料理也算是一種手作料理嗎？

我不知道是自己抱有太多期待，又或者是對手作料理的認知太老古板了，但我至今還是不知道能不能把那個稱作手作料理。

如果要用漫畫風格取個名字，應該就是「晶的懶人料理」吧……

「老哥，你之前不是吃了我做的炒青菜，還說很好吃嗎？」

「我是吃了，也很好吃。可是我的心沒有得到滿足。」

「這是什麼講法啊！你對我做的菜有意見嗎？」

「沒有喔，完全沒有。我甚至很感謝發明炒青菜用料理醬的廠商。」

「應該要感謝我吧！」

見我們你一言、我一句，陽向尷尬地笑著舉起手來。

「呃……若不嫌棄，我也幫忙煮飯吧？」

「「咦？」」

「畢竟我一直很受你們的照顧。」

陽向的手作料理——我懂了，就是這個！

「呃……這樣感覺有點對不起妳……不過可以嗎？萬事拜託！」

「喂……老哥！」

我之前聽光惺說過。陽向常常幫忙做家事，還會跟母親一起下廚。光惺說味道普通，但追根究柢，錯就錯在我不該問他感想。

說不定我吃了陽向的料理後，對手作料理的疑問就能獲得解決。

簡單來說，這也是為了晶。

她看到陽向下廚的模樣，或許就會重新認識到所謂的手作料理應該是如此。

當然了，我也無法否定陽向可能跟晶一樣是個偷工——不對，是省時料理家，但我難以想像陽向會做出「陽向的懶人料理」。

陽向一定會做出我追求的手作料理。

「好的！我很擅長下廚，交給我吧。」

「那就拜託妳了——」

「先——等一下！」

晶擺著臭臉介入我和陽向之間。

「怎、怎麼了？」

「老哥，你現在的意思是說你吃不下我做的菜，卻想吃陽向做的菜嗎？」
「不是的，晶，我想說偶爾——」
「既然這樣，就讓你見識我的真本事！」
「真本事……？」
晶這麼說完，伸出手指指著陽向。
「陽向，事情就是這樣，來一場料理對決吧！」
「「……什麼？」」
哎呀，事情走向好像不太對勁耶……

＊＊＊

我看著她們兩人穿著圍裙的模樣，思考為什麼事情會變成這樣。
我承認自己的說法和態度不佳。
為了晶好，看看陽向怎麼下廚，研究研究吧——我這樣的想法好像有點殘忍。晶的自尊或許會因此受創。
既然如此，就來進行對決（雖然勝敗已經不言而喻），讓這件事成為晶認真面對手作料理的契機就行了。

——可是我心中的這股忐忑不安……是怎樣啊？

我的手從剛剛開始就一直冒汗。

是因為晶說要讓我見識她的真本事嗎？還是因為這是陽向第一次做菜給我吃呢？

我想不通。不知道自己為什麼要緊張，有一種會出事的預感。

——約一個小時後。

「那先從我開始。」

先攻的上田陽向放在桌上的是——

「蛋包飯♪」

而且還不是普通的蛋包飯。

「這是真的把雞肉炒飯用蛋包起來的蛋包飯耶！」

「是的。因為我聽哥哥說過涼太學長比較喜歡把飯包起來的蛋包飯，而不是上面蓋著鬆軟半熟蛋的那種。」

陽向在這個時間點已經幾乎獲勝。

不只確實掌握我的喜好，看到這個把雞肉炒飯用蛋完整包好的美麗蛋包飯，不禁讓人猶豫是否該用湯匙破壞它。

放在盤子邊緣的蔬菜也很加分。整道料理不只香氣四溢，連配色也刺激著味蕾。

這是一道可以拿出去賣的蛋包飯了，再加上——

「啊，涼太學長，請等一下！我忘了一個很重要的東西！」

「重要的東西？」

——陽向接著從廚房拿來某樣東西。

「我本來想最後用番茄醬點綴，結果忘記了。學長，再等我一下喔——」

陽向說完便在蛋包飯上塗番茄醬。

似乎隱約可以聽見「變好吃吧，變好吃吧♪」的聲音，但看來是從我的既定印象衍生出的幻聽。

結果完成的成品居然是顆「♥」。

當我思考著那顆愛心的意義——我的心不知道為什麼突然一陣躁動。

這個女孩到底想在料理當中，加入多少「心動成分」才肯罷休啊？

「——來，請學長吃吃看吧。」

「噢，好……那我不客氣了。」

總算真的要吃了。

我在躊躇之中把湯匙刺入蛋包飯的邊角，然後送入嘴裡。至於味道——

「——好吃！陽向，超好吃耶！」

「學長太小題大作啦。這只是普通的蛋包飯喔。」

陽向紅著臉把臉藏在托盤後。

可是這個才不是什麼普通的蛋包飯。是「陽向親手做的蛋包飯」。

外表、香氣、口味還有心動——面對這道具備一切元素的料理，我整個人飽到胸口了。

「就是這個啦，這就是我追求的手作料理啊……」

我吃著蛋包飯，心裡湧出一股對答案成功的感覺。

就知道自己沒錯。

再次體認到，所謂的手作料理指的就是這個，喜悅因此敲著我的胸膛，讓我直打顫。

順帶一提，光惺平常吃著這樣的料理還說普通，他根本沒資格吃陽向親手做的菜。

於是我一下子就把蛋包飯吃完了。

儘管有些不捨，還是覺得自己度過了這輩子最棒的時刻。

「多謝款待。」

「粗茶淡飯，不成敬意。」

好了，既然心靈和肚皮都填滿了，該送陽向去車站——

「——給我慢著。老哥，你要去哪裡啊？」

我正想站起來，晶卻用力抓緊我的肩膀。

「怎、怎麼啦……？」

「你還沒吃我的『手作料理』耶……？」

「對、對喔，我都忘了……」

晶的笑容背後藏著怒氣……

我還想就這麼沉浸在幸福的感覺中啊……

「好了，老哥，你吃吃看我做的菜吧。」

後攻的晶放在餐桌上的料理是——

「鏘！」

「這是！等等，這是什麼啊……？」

我變得極度混亂。

晶準備的料理——是白飯。

是白飯……白飯？只有白飯？

「晶，這到底是怎麼一回事？」

「如你所見，就是白飯啊。」

我完全傻眼。

難道晶這一個小時，只是在電子鍋旁邊等著飯煮好嗎？

這麼一來，勝負早在比試之前就——

「老哥，你該不會以為就這樣吧？」

「什麼？不然還有什麼嗎？」

「老哥，剛煮好的白飯配什麼最搭？」

「這個……當然是下飯的配菜之類的——」

——啊！該不會！

「呵呵呵！那麼各位請看！」

晶說完便將某種炒菜、某種湯，還有……某種配料放在桌上。

……總之都是我這輩子沒見過的東西。

晶這一個小時似乎就做了這些菜。相較於陽向將戰力集中在蛋包飯一道料理上，晶則是祭出以量制勝的策略。

——但是這樣的想法太天真了。

我們常聽到「一以當千」這個詞。集合少數精銳的部隊，比以數量取勝的大量士兵還強。歷史也已證明了這點。

「那我要先吃哪一道菜？」

「先從湯開始吧。」

「嗯，那我就……——」

我先喝了一口湯……可是——

「——我好像喝過！這是常喝的海帶芽湯的味道！」

「那是我用熱水泡的湯包粉。」

「原來如此……喂！這根本不算一道菜啊！」

我忍不住吐槽，但晶不為所動地笑了。

「老哥，你仔細看。湯包粉裡可沒有那種小餃子喔。」

「的確是……也就是說，這個餃子是……？」

「沒錯。我把冷凍的小餃子放進微波爐加熱了喔。」

「原來如此，相輔相成的組合……喂！我就說這根本不算一道菜啊！」

「這就是一道菜啊。我把微波好的冷凍餃子放進沖泡式海帶芽湯裡，最後還擠了蒜泥醬進去，完完全全就是『費工』的手作料理吧？」

明明只是把半成品混搭，她怎麼能說得如此振振有詞啊……？

「拜託，我都說了，不是這種的……我說的是『下了工夫』的手作料理……」

「我做這些花的時間，比平常還多啊？」

顛覆手作料理概念的想法——簡直是晶的「懶人料理」的精髓。

「不是啦，我說妳的標準……總之不是這個意思啦～……」

「好啦好啦，老哥。接下來你把那個小盤子裡的醬，加一點進去湯裡。」

「嗯？這是什麼？」

「你先別問啦。」

我照著晶所說的，把紅褐色的醬加入湯碗裡。然後喝了一口——

「——辣得好好喝！這是怎樣？韓式風格？好下飯！」

我就像被鬼怪附身一樣，一口湯一口白飯地交互送進嘴裡。

剛剛明明才吃過蛋包飯，但當我回過神來，自己的飯碗裡已經少了三分之一的白飯。

「這是什麼醬啊？」

「欸嘿嘿嘿，是苦椒醬啦。輕輕鬆鬆就能變成韓式料理，很方便吧？」

怎麼會這樣。晶明明沒做什麼能算下廚的事，卻能憑一碗湯就讓我吃這麼多白飯……

「可是晶，妳這樣犯規。我還是不能承認這是手作料理。」

「我就知道你會這麼說，所以有乖乖下廚喔。你現在吃那個褐色的配菜。」

「這、這個嗎？」

乍看之下，就只是把絞肉和豆芽菜變成褐色的東西。

「……這是什麼啊？」

「你先吃一口。」

「啊……——」

我夾了一口吃進嘴裡，發現絞肉和豆芽菜炒得恰到好處，絞肉的肉汁和烤肉醬一起在舌尖上共舞，發出又甜又辣的滋味。

此時加入豆芽菜爽脆的口感，形成絕佳的組合。可是——

「——味道很普通……應該說有點鹹耶……」

吃起來的味道就跟外表一模一樣。

「幾乎只有烤肉醬的味道，這是什麼？」

「這是我的真本事料理之一『豆芽絞肉蓋飯』喔。」

「跟名字一模一樣啊……」

「你再仔細聽一次名字。是豆芽、絞肉、『蓋飯』喔！」

豆芽、絞肉、蓋飯……？

「——妳說『蓋飯』！」

當下，豆芽烤肉蓋飯的味道就在我的腦中成形。

若把包覆在絞肉和豆芽菜上的甜辣重口味烤肉醬汁拌在白飯裡，會變成什麼樣呢……

「老哥，來吧，直接把那道菜倒在白飯上。」

「唔！可是以蓋飯來說，我的白飯不夠了……」

「飯還有喔。老哥，你要再來一碗嗎？」

「嗚！」

「……要嗎？再、來、一、碗！」

「唔咕！」

「你想要吧？來。說說看吧。」

晶對我展現出一抹天使般的惡魔笑容——

「再、再來一碗……」

唯有這樣的誘惑，我實在是招架不住……

——後來不必說，我自然是把豆芽絞肉蓋飯全扒進肚子裡了。

順帶一提，最後一道菜是把冰箱剩下的超市熟食馬鈴薯沙拉用火腿包起來，再蓋上一片起司拿去煎。這個也非常下飯。

晶的這三道菜都不用菜刀，只憑微波爐和瓦斯爐就做好了，實在太驚人了。

我把晶的料理貶作區區的烏合之眾，但那其實是由經過訓練的士兵裝備火繩槍的火槍部隊。

如果現在是戰國時代，一定輕輕鬆鬆就能統一日本吧。

懶人料理，你太強了。

——那麼這場料理對決獲勝的人是誰呢？

以手作料理的觀點來說，陽向絕對是壓倒性獲勝。

都吃完陽向的蛋包飯了，卻意外地憑著晶的手作料理（？）解決三碗白飯。

……說實話，好吃是好吃，但我就是無法釋懷。

所以這場勝負算平手，然而輸家卻完全是我。

自己澈底臣服於陽向那天使般的可愛幸福料理，以及晶那惡魔般的上癮料理。

順帶一提，之後晶和陽向吃了對方的料理，互相誇讚，最後還交換了食譜。

站在我的立場，實在不覺得晶會做蛋包飯，而且也不希望陽向接觸懶人料理……

＊＊＊

料理對決結束後，我送陽向到車站。

「嗚嗚……稍微吃太多了……」

「學長，你還好嗎？不用勉強送我啊……」

「不，沒關係，我沒事。走一走才有助消化……」

我一邊走，一邊慢慢調整胃的狀態。

我們聊著稀鬆平常的話題，就快抵達車站的時候，陽向突然「呵呵」地笑出來。

「怎麼了？」

「我想到剛才的涼太學長和晶——話說回來，原來是這樣啊～……」

陽向感觸良多地思索著某件事。

「怎麼了嗎？」

「原來晶在家裡是那種感覺啊。她在學校不會露出那種表情，所以我有點驚訝。」

「原來妳是第一次看到晶的『在家模式』啊？」

「呃……什麼是『在家模式』？」

我開始說明晶的狀況。

我把怕生的晶稱作「乖乖牌模式」，至於平常在家則是那種感覺，在學校不會顯現給別人看。

聽我說完之後，陽向低喃了一句：「真好。」

「晶她一定打從心底信賴學長吧？」

「是、是這樣嗎？」

「一定是這樣。畢竟在學校看不到那種樣貌，她已經完全對學長敞開心房了喔。」

我倒是覺得她的心房敞太開了，不過在陽向眼裡果然是這樣嗎？

「學長你有包容力又很可靠啊。所以我很羨慕。我們家就不是這樣——」

陽向的表情突然變得陰沉。

「——該怎麼做才能像你們那樣當一對和睦的兄妹呢～……」

關於這一點，我們的過程實在難以啟齒——

「我家不能當參考吧？妳想嘛，我們沒有血緣關係啊……」

我苦笑說著，但陽向卻顯得有些沮喪。

「如果涼太學長是我的哥哥——要是說這種話，就對我哥哥太失禮了吧？啊哈哈，我在說什麼啊……」

「呃——」

「我到底在說些什麼啊……」

「陽向……」

她看起來笑得很勉強，表情又更黯淡了。

「學長還記得我之前約你吃飯嗎？」

「啊，嗯……」

「其實我是想跟你商量哥哥的事。」

「商量光惺的事？」

當我想通「這是什麼意思」時，同時也稍微鬆了一口氣。

「妳要商量什麼？」

「我該怎麼做，哥哥才會變回以前的哥哥呢……」

陽向說完露出教人心痛的悲傷表情。

「其實我弄錯努力的方式了……」

「什麼？弄錯了？」

「涼太學長，你知道哥哥以前是演過連續劇的童星吧？」

「喔，嗯，只是稍微知道……」

「我一直很崇拜哥哥。他還是童星的時候是個努力不懈、光彩奪目又溫柔的哥哥喔。我也想跟哥哥一樣，所以才會拜託媽媽讓我去培訓學校。」

「原來是這樣……」

「可是哥哥小學四年級的時候退出了。我不知道發生了什麼事，他也不告訴我。後來就一直躲著我。」

「我也沒聽光惺提過……」

「當時想過該怎麼做，哥哥才會像以前一樣努力不懈、光彩奪目又溫柔——」

陽向停下腳步。

「——我原本想著只要自己努力，哥哥就會繼續努力然後變回原本的樣子。所以離開培訓學校之後，還是在國中參加戲劇社。」

「這樣啊……妳加入戲劇社是為了光惺呢……」

「可是就像哥哥說的，因為我是笨蛋才什麼都沒發現……」

陽向的肩膀在發抖。

但為了不哭出來，她握緊小巧的拳頭忍著自己的淚水——

「其實我一直在逼哥哥看他不想看的東西。哥哥明明很痛苦，我卻逼他回想那些討厭的回憶……」

儘管如此，淚水終究從她的眼裡滑落。

看到她的模樣，心想不知能為她做些什麼。

自己是否也能為她做些什麼呢……

所以我這麼反問她：

「妳這次為什麼會答應演茱麗葉？」

「因為——」

陽向做出陷入沉思的樣子，但我隱約知道了。

「妳不是為了光惺，其實是自己想演戲吧？」

「其實就是這樣沒錯……我很喜歡演戲。可是一想到會傷害哥哥，我就好害怕……」

——果然是這樣。

陽向在排演時偶爾會出現的開心神情，與平常和我們相處時有不同的感覺，感覺是打從心底的開心。假如要比喻，我覺得可以用手舞足蹈來形容。

——這對陽向來說，是她真正想做的事。

剛開始是想效仿哥哥才走上戲劇之路，卻在不知不覺間全心投入了。

但因為太過顧慮光惺而一直隱忍自己真正想做的事。

一次就好——西山拋出的這句自私話語，或許也給了陽向一條及時的逃避之路。

但唯有一件事，陽向誤會了。

「陽向，妳太小看光惺囉。」

「咦……？」

「那傢伙沒有這麼脆弱。我覺得他沒有被過去束縛成這樣。」

「⋯⋯學長怎麼知道？」

「當妳問他這次可不可以演戲時，他不是說『不關我的事吧？』嗎？」

「對，我當時惹他生氣了⋯⋯」

「他沒生氣喔。在我聽來，他的意思是『別管我，去做自己喜歡的事吧』。他沒有自暴自棄，我猜他也知道妳是真的想演戲吧？」

當陽向提到演戲的事時，我一直看著光惺。

我猜他大概知道陽向一直都想演戲，卻忍著不演。

正因為他知道陽向是顧慮自己才會放棄演戲，心裡一直很煎熬——若是現在，我覺得他當時的臭臉是這個意思。

個性冷淡、慵懶、笨拙、怕麻煩——但這些想必都是他表現出來的一小部分，其實他比任何人都在意周遭的人事物。

我或許把光惺想得太好了，可是我和他認識四年，覺得他就是這種人。

「學長，你把哥哥說得太好啦⋯⋯」

「我跟光惺說的一樣是個白痴，所以就是覺得他是這種人。雖然那傢伙為人笨拙，很難懂就是了。」

「要是哥哥也像學長一樣，多把事情說出口就好了……」
陽向笑著這麼說。
「我的確是個白痴，不過——」
——現在就借用光惺說過的話吧。
「那傢伙是笨蛋啦。」
受不了，居然讓這麼好的妹妹傷心……
之後，不知道陽向是稍微有點精神了還是故作開朗，她對我道謝後便消失在驗票閘門的另一端。

後來我回到家，晶卻氣勢洶洶地站在玄關——
「老哥，你送人送得可真久。拋下可愛的妹妹，跟陽向去幹嘛了？快老實招來。」
「拜託，沒幹嘛啊……就站著聊聊天——」
「我明明獨自一個人寂寞地洗碗……這樣啊，老哥卻跟陽向在聊天啊……」
「謝、謝謝妳洗碗……那我還有作業要寫——」
「哎喲，你要陪我這個妹妹啦！」
「陪，我陪！平常都有陪妳吧！」

「不夠是也！」

「妳到底在演哪個時代的人啊！還有快放手！別抱著我——！」

——我隱隱約約感到慶幸，幸好我家的繼妹（妹妹）很好懂。

10 OCTOBER

10月17日（日）

今天是陽向第一次來我們家玩的日子！

說是這麼說，其實我們只是在練習對台詞，
不過我很慶幸跟她聊了很多。

陽向總是很開朗、有朝氣、笑口常開，而且很可愛！
可是都不會跟我說她的煩惱或讓她傷心的事。

不過她今天稍微跟我傾吐了煩惱。

是上田學長的事。

當我聽到她的煩惱，我瞬間感覺到
自己有多麼奢侈。

老哥溫柔又可靠，我很喜歡他。

就算我失控，也會穩穩地拉住我（雖然有時候根本不必拉），
而且總是把我擺在第一。

可是上田學長好像不是這樣。他對陽向總是很冷淡，
所以我有點介意。其實不討厭學長，可是不喜歡他那種冷淡的口氣。

希望他能對陽向更溫柔一點……

對了，我今天跟陽向進行了一場料理對決！

老哥是猛誇陽向做的蛋包飯好吃啦，可是，呵呵呵……老哥根本就不懂。

家事是講求時間效率的事喔。

如果陽向身懷女友技能，那我就是新娘技能……

以長遠的眼光來看是我贏了！我是這麼想啦，結果是平手。

無法接受。

而且老哥送陽向去車站後，回來的時間好晚……

老哥，你要多陪我啊……

第7話「其實我被女僕團團包圍……（花音祭第一天）」

十月二十二日，星期五。終於迎來花音祭第一天。

這一天只有校內學生參與，幾乎是參觀別班推出的活動或展示作品的日子。

戲劇社的成果發表是明天，所以我除了幫忙班上的角色扮演咖啡廳，其他時間都沒事。

傍晚要替明天做準備，所以我和光惺決定先到處逛逛……可是——

「——涼太，你說說，這是怎麼一回事？」

「啊哈哈哈。不知道耶～……」

我們早上進教室，馬上看見我和光惺的桌上放著大大的紙袋，紙袋裡面放著服裝，明顯是要我們今天穿這個。

對於不想角色扮演的我們來說當然是想拒絕，可是不知道為什麼，執行幹部星野在教室的另一頭看著我們豎起大拇指。

——唉，看樣子是非穿不可了……

問題在於這件衣服的設計。

「這個不管怎麼看都是『王子殿下』吧？」

「啊哈哈哈，光惺你應該很適合，沒差吧？你要想想我這個跟你穿一樣服裝的人是什麼心情？」

我認為光惺撐得起這身衣服，但自己絕對不適合。

我確實說自己沒有想扮什麼，可是星野，妳為什麼會選這個啊……？

「不管怎麼說，這也太土了吧？」

「好啦，難得人家替我們準備了，就穿一次吧……反正跟制服有點像，應該不會太惹人注目喔。」

當我跟光惺頂著微妙的表情時，星野走過來了。

「上田同學，抱歉，我找不到其他適合的服裝了……」

「如果妳覺得這個適合我，那我實在很懷疑妳的品味。」

光惺的一句話一針見血到可怕的地步。

最後我和光惺還是去更衣室，換了王子殿下的衣服回到教室。

班上的女生看到光惺的扮相，都在遠處發出高亢的尖叫。對我則是沒有什麼反應。雖然早就知道了……

光惺聽到她們的聲音，和平常一樣說了一句「好煩」，但看起來的確有些害羞。或許他其實挺喜歡被稱讚。

「光惺，很適合你嘛。」

「你煩死了。」

光惺果然很適合扮成王子。

相較之下我卻有一種俗氣感，反而比較像被衣服帶著走。

總覺得自己就像村民Ａ偷走在湖裡沐浴的王子的衣服然後穿上。

我隨意環視班上的狀況。

有人穿著和服，也有人穿著很像布偶裝的東西。

總覺得那些現充女生穿得很露，不過如果本人不在乎倒也無所謂。

「說不定我們是班上最正常的呢？」

「我都說你很煩了。」

就這樣，最後出現在這個宛如萬聖節扮裝大會教室中的人，是扮成公主的星野。

她的模樣看起來清純，但胸口也大膽地敞開，一蹲下就會突顯那道深邃的乳溝。

我下意識別開視線不過——原來如此，星野的是那樣啊……

星野來到坐在位子上一臉了無生趣地滑著手機的光惺身旁。

「上田同學，你覺得怎麼樣？」

「什麼怎麼樣？」

「好看嗎？」

「誰知道……」

光惺絲毫沒跟星野對上眼，只是一直滑著手機。

總覺得星野有點可憐。

她大概是故意配合光惺的服裝吧。目的是讓王子和公主同框……

反正花音祭才剛開始，我在心裡替星野打氣並等待活動開始的鐘聲響起。

＊＊＊

我和光惺的上工時間是十一點到十二點，只有一小時，這段時間前後不必特別做什麼。

工作內容只需接客，料理和飲品會由負責的人準備。

因為這樣，我和光惺決定在上工之前先四處去晃晃。

我們穿著不習慣的服裝，帶著心中的徬徨走出穿堂，然後穿梭在露天攤位之間，買了想吃的東西並漫無目的走著。

光惺果然很受歡迎，每走一步就會擄獲女生的視線。

尤其今天跟平常不同，他是「王子殿下」，也就更引人注目。

我們就用這種感覺一邊在意旁人的視線一邊往前走——

「啊，找到了！哥哥！涼太學長！」

——陽向的聲音突然傳來。

我和光惺轉向傳出聲音的方向——然後雙雙定格。

是女僕。

有女僕在那裡。

而且還是一群女僕。

不知道為什麼晶也混在那群女僕之中。

仔細一看，向我們跑來的女僕集團是晶、陽向、西山，以及戲劇社的成員……她們什麼時候變成女僕社了？

「喂，涼太，那是怎樣……？」

「不、不知道……為什麼她們都變女僕了……？」

我和光惺都看傻了眼。

「嘿嘿嘿，真嶋學長，有嚇到嗎？」

西山這麼說道並不斷撩起輕飄飄的裙襬。

「才不是嚇到那麼簡單。為什麼妳們都變成女僕了？」

「其實啊～我們為了服裝的事去拜託手藝社的時候——」

據西山所說，修改戲劇社的服裝可以免費進行，製作或修改的花費全部由手藝社負責。

不過有個條件。

她們第一天都要穿著手藝社為了花音祭製作的服裝。

換言之，她們要為了手藝社的成果發表當一日行動模特兒。

順帶一提，下午要在手藝社的展示會場幫忙拉客。

難怪伊藤當時會紅著臉，閉口不言……

「——事情就是這樣，所以我們今天才會變成女僕喲～」

「我現在才知道這件事。我好歹也是社團成員吧……？」

「這當然是為了嚇嚇學長呀～！」

西山咧嘴大笑並拍打我的肩膀。

「我是嚇到了，可是……」

我從剛才就一直看著忸忸怩怩躲在戲劇社成員後方的晶。

「晶，連妳都瞞著我啊？」

「因為和紗說當天才能告訴你……」

晶的服裝……該怎麼說呢？裙長比其他人還短，而且沒有衣袖。

算是穿著有點暴露的女僕，讓人忍不住想吐槽：世上才沒這種女僕吧。

但她穿起來很好看，所以就算了……

另一方面，光惺和陽向則是——

「哥哥，怎麼樣？好看嗎？」

「白痴。妳穿成這樣不害臊喔？」

「你還不是穿王子裝！」

「我又不是想穿才穿的！」

——他們還是老樣子，一個瀟灑的王子和美麗的女僕正在鬥嘴。這幅光景還挺有趣的。

不過確實如光惺所說，陽向的穿著打扮實在讓人不知該看哪裡。

她那身裝扮不輸晶，一樣很暴露。

先不計較那好看到不行的過膝長襪，問題在於她的胸口大開，而且非常強調她的身體線條。簡直破壞力十足。

「來吧，天音妳也過來讓真嶋學長看看嘛！」

「呀！和、和紗，這樣很害羞啦～……」

伊藤硬是被拉到我面前，她是清純系的女僕，和晶她們相比服裝沒那麼暴露。

裙長很長，但這樣反而簡單素雅，只是她一直害羞地扭著身體，讓人不知道該看哪裡才好。她似乎不希望我一直看，我也就不盯著看了。

仔細一看，西山的服裝也跟伊藤很相似，不過裙長只到膝蓋附近。是一款很像家庭餐廳會拿來當制服的款式。

「真嶋學長，我們穿女僕裝的模樣如何啊？可愛吧？」

「……嗯，不錯啊。」

「你這是什麼反應～！請你多說一點，比如可愛之類的啊～」

在晶面前我哪說得出口啊……

「好、好丟臉……請不要看我……」

「伊藤學妹，別在意……」

當我莫名感到尷尬時，感覺到有人在拉我的袖子。

「老哥～……」

是股著腮幫子的晶。

「怎、怎樣啊，晶……？」

「你看著她們在傻笑……」

「沒有，我沒有喔，真的……」

我當著晶的面把視線從女僕集團挪開，但旁人的視線卻集中在我們身上。

總之，該怎麼說呢？這是不良示範……

＊＊＊

後來我們跟戲劇社分開，和往常一樣變成晶、上田兄妹與我四個人一起逛攤位。

晶很在意旁人的眼光，緊緊黏著我的手臂不放。

「話說回來，晶，真虧妳有辦法穿成這樣耶。」

「嗚嗚……因為這是舞台裝的交換條件啊，而且大家也會穿……」

「可是穿這個需要不少勇氣吧？」

「嗯……」

我在無奈之中偷偷窺探上田兄妹的狀況。

他們的打扮雖和平常不同——

「哥哥，你扮成王子……不丟臉嗎？」

「妳的扮相才丟臉吧？」

他們還是持續著剛才的爭吵。

算了，反正沒大吵，放著不管應該沒差。

「晶，妳有想吃的東西嗎？」

「我想想……巧克力香蕉……」

「好，我去買給妳。」

「可以嗎？」

「可以啊。還有別的嗎？」

「還有你手上的那個……」

晶指著我剛剛買的插有吸管的杯裝可樂。杯中有一些碎冰，不過幾乎快溶化了。

「喔，這只是普通的可樂，妳想喝飲料嗎？」

「我就想喝那個。」

「那我也幫妳買飲料吧。」

「不是……我想喝老哥你手上那杯……」

「咦……？」

「那杯給我喝。」

「啊……喔，是沒差——」

我把杯子拿給晶，她便含著吸管開始啜飲。

「呼～……我剛好口很渴——老哥，還你。」

她若無其事用我的吸管，若無其事喝下去了耶……

「怎麼了？」

「沒有，我只是覺得太在意反而不好。」

話雖如此，要接在晶之後喝，還是讓我卻步。

「光惺，我可以買個東西嗎？」

「嗯？好啊。」

我讓光惺和陽向在原地等待，去買了一份巧克力香蕉交給晶。

晶津津有味地品嘗著巧克力香蕉。

「好吃嗎？」

「嗯！」

當我心滿意足地看著晶的笑臉，她突然把巧克力香蕉遞到我眼前。

「老哥也吃一口。」

「可以嗎？」

我直接咬了一口面前的巧克力香蕉，總覺得有股令人懷念的味道。

以前老爸常常帶著我去逛家附近的祭典。

當時吃到的巧克力香蕉很好吃，所以經常央求老爸買給我——當我想著這些並滿心懷念地品嘗，卻感覺到一股視線。

我朝著視線的方向看去，只見光惺和陽向已經在不知不覺之間停止爭吵，瞇起眼睛看著我們。

「嗯？光惺、陽向，你們怎麼了？」

「沒事啦。」「沒什麼。」

他們的聲音完美重疊，不禁讓人毛骨悚然。

逛著逛著，交班的時間也快到了，所以我與光惺和晶她們分開，急忙回到教室。

＊＊＊

花音祭第一天結束後，我換好衣服前往體育館。
戲劇社的成員已經在舞台上為明天做準備了。我也和她們會合並幫忙準備。
舞台準備告一個段落後，我和伊藤一起開始檢查音響器材和照明設備。
等我們都檢查完畢，她們便在舞台上從頭排演。
我就在等待出場的陽向身邊，心不在焉地看著排演光景。
「但這不是很奇怪嗎！偉大耶穌的雙親瑪利亞和約瑟不也結婚了嗎！家人……真是個美妙的詞語。我也想成家。這有什麼不對！」
晶大聲喊道，並穿梭在舞台各處，滿腔熱血地扮演著羅密歐。
她的演技已經進步到能放心看著她演戲，連飾演神父的西山也不服輸，非常投入。
「晶真的判若兩人了……」
「是啊，我也很驚訝……」

晶真的變了。

或許如西山所說，晶真的有才華。

「——陽向，麻煩下一個場景。」

「好！」

陽向也不輸晶。

陽向走出邊幕，表情隨之改變，感覺就像茱麗葉附在她身上一樣。

晶站在我身旁看著陽向和西山的對手戲，不禁感嘆：

「和紗也很棒，不過還是陽向厲害。而且她好可愛喔……」

「就是啊，就像茱麗葉上身一樣呢。」

「如果是我演茱麗葉，一定比不過陽向……」

「會嗎？我覺得現在的妳可以勝任各種角色啊。」

「不對。你看她那副表情。」

「嗯？」

「哥哥，求求你！在我結婚之前別再去決鬥或逞凶鬥狠了。哥哥，討厭我嗎？你不是從小就會陪我玩嗎？不願完成我的心願嗎？」

陽向不斷改變表情、舉止和語調，完美地詮釋茱麗葉一角。

她之所以比其他社團成員突出，不只是因為演過戲，而是擁有足以佐證努力的才華吧。

「陽向果然有一套——好了，晶，再來換妳了。」

「嗯。老哥，我上場了！」

「好！」

我和晶擊掌之後，目送她上台。

「茱麗葉，妳好美。相較於我上次見到妳，妳今天的打扮更華美、更可人。」

「羅密歐也是，你跟當時相比更帥氣了。」

「咳咳咳！抱歉了，兩位。不好意思，打擾你們交談……——」

我看著晶，總覺得胸口深處有某種東西湧出。

怕生的晶現在面對演過戲的陽向與西山也毫不遜色，確實撐起主角一職。她被同伴包圍著，顯得朝氣蓬勃。

我站在舞台邊幕感到有些泫然欲泣，但還是匆匆忙忙忍住淚水。

戲劇根本還沒開幕。

所以眼淚就等最後再流吧……

——然而狀況這種東西，總會在一個絕佳的時機出現。

我們將在不久之後，即使不情願也得了解這件事。

10 OCTOBER

10月22日（五）

今天是花音祭的第一天。我從早上就有點亢奮。

不過有一件事讓我不太開心，就只有這件事。

其實我今天必須穿女僕裝，嗯……

為了戲劇社的舞台裝，這也無可奈何，但我還是……嗯……

……是不是只有我的女僕裝用的布料比較少啊？

我說這種話對做的人可能不太好意思，可是用的布料很少吧？

至少像天音那套比較好，我這件真的很暴露吧？

雖然想說的話很多，可是大家都穿了，我也只好……

不過有一件好事，老哥他看到我就心頭小鹿亂撞了！

他看到陽向她們也是小鹿亂撞，讓我不太高興。

不過他之後請我吃了很多東西，所以就算了。

老哥喜歡女僕嗎？嗯……

當我想把衣服還給手藝社的時候，他們卻說要送我。

我是帶回家了啦，可是……嗯……

這種衣服要什麼時候穿啊？總之先藏起來吧……

對了，老哥也因為班上的活動做了角色扮演。

如果要說適不適合……簡直棒透了！

王子與女僕……這個組合是不是不太妙？

第8話「其實發生意外事故了……（花音祭第二天・上）」

花音祭第二天早上。我五點半就醒來了。

——這天終於到了啊……

我過了六點之後走出房間然後去敲晶的房門，她卻沒起來應門。

我的心中浮現一個可能性，於是走下樓，只見晶已經在客廳拿著劇本唸唸有詞。

「晶，早安。」

「老哥，早安。」

「妳幾點起床的？」

「大概五點。醒太早了。」

「妳有睡好嗎？」

「嗯，算有吧……」

看她這副模樣或許沒睡好。想想也是。

畢竟今天就是戲劇社的公演日，終於要正式上台了。

晶果然也很緊張吧。其實我蓋上被子後也始終睡不著，只睡了大概兩個小時。

「今天要早點出門嗎？」

「也好呢。」

這時候老爸和美由貴阿姨也起床下樓，他們稍微被我們嚇了一跳。

「哎呀哎呀，晶，妳已經醒了嗎？」

「果然很緊張嗎？」

「嗯。不過我會盡全力表演喔。」

我從這句話感覺到一股堅定的意志。

「我們也會去看。畢竟今天可是妳的主場呢。」

「晶，加油喲。媽媽會從觀眾席替妳加油。」

「嗯，太一叔叔、媽媽，謝謝你們。我會加油！」

放心。晶一定沒問題——我敢這麼肯定。

晶改變了。她一直努力到今天，一步一腳印走到這裡來了。

——不管發生什麼事，我都要讓今天的公演成功落幕。

我下定這個決心，先走上二樓打理自己的服裝儀容。

＊＊＊

我們坐上比平常早兩班的電車，加上今天是星期六，車廂裡很空。

我和晶坐在長椅上，雙方都不說話，感受著電車的晃動。

當電車過了一站，晶的手突然放在我的手背上。

「怎麼了？」

「跟平常一樣，充電……可以嗎？」

「好啊。」

其實她最近已經不怎麼需要充電，現在久違地提出要求。

她慢慢把頭靠在我的肩上。

一股甜甜的香氣掠過我的鼻腔。看來她今天不用我的胸膛充電。

接著她的手開始移動，我們的手掌就這麼貼在一起。

最後晶白皙細長的手指穿過我的指尖，彼此纏繞。

「這是情侶之間牽手的方式喔。」

「我知道。」

「妳知道啊……」

「好想永遠維持這樣……」

「永遠……有點難啊……」

我想順著晶的意，卻忍不住環視四周。多多少少也是因為現在還很早，車廂內沒有同為結城學園的學生。暫時維持這樣也不會有問題。

「今天沒問題嗎？」

我沒有多想，直接開啟一個話題。

晶低喃了一聲：「不知道耶。」靠在我肩上的頭又更重了。

「可能要看老哥你了……」

「看我？」

「其實我有一件事要拜託你……一件很重要的事。」

「重要的事？什麼事？」

「等今天公演結束後再跟你說。」

「這種順序怪怪的吧？這樣根本沒有拜託我的意義……」

「就算這樣，還是拜託你先跟我約好，說你會答應我。」

「好恐怖喔……妳要拜託我什麼事啊？」

「欸嘿嘿嘿。」

「不要吊人胃口啦。連我都開始緊張了。」

「老哥，不要怕我……」

晶時強時弱地反覆握著我的手。

——說實話，我很怕她要對我說什麼。

她會不會說要結束現在的關係呢？

一想到這點，我就很害怕。

我用力又小心地回握晶那隻宛如玻璃工藝品的手。

「拜託妳別嚇我。別看我這樣，其實很膽小……」

我又用了這種束縛晶的卑鄙言詞。

現在真切感受到，已無法想像，她不像現在這樣待在我身邊的日子了。

「放心吧。我一定不會離開老哥的。」

「……那我放心了。現在就姑且答應妳要拜託的事。只不過不能提太超過的事喔。」

「欸嘿嘿，我就知道你會這麼說。」

當晶展露出笑容，電車也抵達結城學園前車站了。

＊＊＊

來到學校後，我和晶分別前往各自的教室。

當我一進教室，星野已經在裡面靜靜地滑著手機。

「——哎呀？真嶋同學，早安。你好早喔。」

「星野同學才是。早啊。」

「今天上田同學沒一起？」

「對啊。我今天稍微提早到校，所以沒遇到他。」

「這樣……」

星野有些遺憾地把手機放在桌上，然後突然臉紅。

「那個，真嶋同學……我想先知會你一聲……」

「什麼事？」

「我今天打算跟上田同學告白！」

「什麼！」

「我想在後夜祭的營火晚會時，把他叫出來……」

「這、這樣啊……」

我一瞬間嚇到了，可是就算她跟我表明自己要告白，也不能怎樣吧……

而且就我一路觀察，覺得她不會順利。

「……你果然覺得我不會成功嗎？」

「啊，呃……」

當我以為她看穿了我的心思時——

「其實我自己也知道行不通呢……」

她沒自信地低下頭。

「……明知行不通卻還要告白嗎？為什麼？」

「因為我做了各種表示，覺得沒辦法再有什麼作為了。我只想讓他知道，我想著他、喜歡他。」

「想讓他知道是嗎……」

「若不行就算了，我覺得這樣才能繼續前進。雖然對他來說或許是個困擾吧。」

星野說完，露出令人心痛的笑容。

我只對她說了「加油」，看她那副失落的模樣，也不知道該說些什麼。

＊＊＊

我跟星野聊完之後過了一陣子，教室就跟昨天一樣變成萬聖節會場，但自己卻掛心著一件事。

光惺還沒來。

如果是平常，這個時候他早已在教室裡頂著一張臭臉滑手機。

但今天即使已經快到打鐘時間他還是沒來，這讓我有些掛心。

我等著等著，上課鐘聲響了。

難道他要請假？我抱著這個想法望向自己的手機，卻發現沒有任何通知。

後來班導來到教室點名，也很在意光惺不見人影。

最後班會都結束了，光惺依舊還沒來。

星野也很介意這件事，於是來到我身邊。

「真嶋同學，那個……上田同學今天請假？」

「不知道。我打電話問問。」

我急忙拿出手機打電話。

光惺他——

「——他沒接。反正我先傳ＬＩＭＥ給他。」

「嗯，謝謝你。」

看著星野不安的表情，我也開始擔心了。

——對了，陽向說不定知道什麼。

我帶著沉悶的心情前往一年級教室——卻在樓梯間和晶不期而遇。

「老哥！」

「晶，妳怎麼了？」

晶看起來很焦急。

「陽向還沒來！」

「什麼！陽向也沒來？」

「你說『也』的意思是上田學長也沒來？」

我和晶急忙拿出手機。

我們各自撥打電話給光惺和陽向，可是——

「——不行，她沒接！」

「光惺也沒接……我剛才傳了ＬＩＭＥ，可是還沒已讀啊。」

「他們是怎麼了？」

「不知道……」

我的心亂成一團，但在晶的面前依舊表現得很冷靜。

「老哥，怎麼辦……？」

「晶，放心吧。一定只是家裡出了什麼事才會遲到。別擔心——」

——就在這個時候，我的手機有人來電——當我看到螢幕，總算鬆了一口氣。

是光惺。

「——喂，光惺。」

『涼太，抱歉了，你好像打給我很多次。』

「不會，沒關係。這不重要，你現在在哪裡？陽向呢？」

『——「我們」現在在醫院……』

「……啊？醫院……？」

我這麼說出口後，才驚覺事情不妙。

我看向晶，她的臉已經扭曲變形。

『你冷靜聽我說——』

「怎、怎樣啦？」

『陽向出車禍了……』

「……………什麼？」

——之後，光惺對我說出詳細的事情經過，但總覺得他的聲音聽起來很遠。

我掛斷電話後，有好一陣子呆立在原地，直到聽見一聲「老哥」以及抓袖子的感覺，這才回過神來。

晶充滿不安的臉就近在咫尺。

「發生什麼事了？陽向呢？上田學長呢？」

我的喉頭瞬間僵硬，但我必須說出來。

「陽向她……出車禍了……——」

我抱緊瞬間哭出來的晶。

這是我第一次正面抱著她。

「沒事，沒事的……放心吧，沒事的……——」

硬要說的話，這句話並不是對晶說的，而是我自己。

＊＊＊

等晶稍微冷靜下來，我回到班上把這件事告訴星野。

星野聽完整件事，跟我說聲：「班上就交給我。」

不過她也很心慌吧。告白或許得延期了。

後來我馬上召集戲劇社的成員前往社辦，把事情原委告訴大家。

「——咦！陽向她沒事吧！有受傷嗎！」

西山首先大驚失色地來到我面前。

我把手放在西山肩上要她冷靜，但她的眼裡已泛出淚水。

「她的哥哥光惺跟她在一起。儘管是車禍，也不是被車撞，是在路口被腳踏車撞上，沒有生命危險。」

西山和其他社團成員因此鬆了一口氣，但也只有片刻，當西山問道：「那今天的公演沒問題嗎？」我也不得不別開視線。

「她好像傷到腳了……聽光惺說只是扭傷，可是畢竟被撞了，還要做檢查和調查車禍原因，有很多事要做——」

話語卡在我的喉嚨深處，但現在已經無暇選擇該怎麼說了。

「——總之很難上台。其實也要看檢查的結果，不過沒有住院的必要，本人也很想來。可是就算趕得上公演時間，或許也沒辦法上場……」

所以我只能說出事實。

當下，西山的肩膀發出劇烈的顫抖。心慌也在社團成員的心中不斷擴散。

我覺得如坐針氈，於是看向晶藉此逃避，沒想到她卻蹲在社辦角落抱膝哭泣。

比起無法上台，陽向這個朋友遇上車禍更讓她大受打擊吧。

要是我在這種時候能展現哥哥的風範，說幾句機靈的話就好了，無奈我實在不知道該說什麼。

這時候西山回過頭，彷彿要甩開我的手——

「——太、太好了！」

她以開朗的表情面對社團成員，開口這麼說道。只見大家臉上都冒出問號。

「因為我還以為是更嚴重的車禍，就是……該怎麼說——幸好沒有生命危險！」

西山勉強自己表現得開朗。

如同我有這種感覺，伊藤她們看到開朗的西山，心裡也是一陣緊。

「總之今天的公演就……喊、喊停……學生會、執行幹部還有老師他們，就由……由我去……——」

伊藤從其他社團成員中走出，緊緊抱住西山。

「和紗……」

「我是、是社長，我得去……」

「我也陪妳一起去……」

雖然伊藤表現得很堅強，眼裡卻已積滿了淚水。

其他人也抱著彼此，開始哭泣。

——她們把一切都賭在這場公演上了。

這是關乎社團存亡的最後機會，所以她們持續努力到今天。

西山甚至另有苦衷，一直希望這場公演能成功。她是想在搬家前和這些社團成員留下最後的回憶吧。

即使現在知道無法實現，她還是以社長的身分，堅強地帶領大家。

那副模樣讓人心痛，實在看不下去……

——好不甘心……

難道我們什麼都辦不到，只能眼睜睜面對結束嗎？

我們這三個星期到底都做了些什麼？

一想到這點我的胸口就堆滿各種情緒，不知是憤怒、悲傷還是空虛……它們互相推擠，讓我全身逐漸無力，連現在都是好不容易才能站著。

當我默默呆站著，放在口袋裡的手機傳出震動。是光惺打來的。

『——涼太，現在方便講話嗎？』

「可以。陽向現在怎麼樣？」

『經過檢查，醫生說骨頭沒有異狀。是嚴重的扭傷。』

話雖如此，老實說我還是難以開口說出「太好了」這三個字。

「這、這樣啊……」

『她很內疚，從剛才開始就一直哭。說自己給大家添麻煩了……』

「這樣……可是我們這邊沒什麼問題，你告訴她別擔心。」

『好。涼太，抱歉了……』

「你幹嘛……道歉啊……？」

『結果你說得沒錯。要是我陪在她身邊再更愛惜她一點，她就……——啊啊，該死！』

電話的另一頭傳來某種沙沙聲。

『——我好沒用……』

我隔著電話聽見光惺的聲音在顫抖。

而我則是用力咬牙。

——難道沒有自己辦得到的事嗎……
為了西山她們，為了人不在這裡的陽向——同時為了晶，我身為哥哥、身為男人、身為年長者，現在必須堅持住。
就算我現在跟著哭也改變不了什麼，拯救不了任何人。

——不要放棄。

在心中的另一個我這麼低語。
可是在這種狀況下，公演已經不可能進行了。
沒有陽向這個女主角，《羅密歐與茱麗葉》根本無法成立。
『果然還是要取消公演嗎？』
「已經朝著這個方向進行了……」
『要是有人可以代替陽向，至少——』

——這一瞬間，我的腦海靈光一閃。

「代替陽向的人……？」

『涼太，你怎麼了……？』

『光惺，我問你。陽向大概什麼時候可以出院？』

『現在我們爸媽正在趕過來。我想中午之前可以……』

「公演是一點半開始。」

『就算趕上了，也可能沒辦法上場耶？』

「放心吧。總之等她一出院，你可以馬上把她帶來嗎？」

『涼太，你想幹嘛？』

「繼續進行公演。」

『啊？那誰要代替陽向——』

「有一個人會演茱麗葉。所以你告訴陽向，要她別擔心。」

『……我知道了。可是涼太，要是陽向很難受——』

「我知道。到時候你不用勉強把人帶來沒關係。」

『可是你真的沒問題嗎？』

「光惺。」

『嗯？』

「我真的很慶幸有你這個朋友。」

『啊？你在說什麼──』

「這邊交給我。陽向就拜託你了。沒時間了，先這樣──」

我掛斷電話，說了一句「先等一下」阻止西山，以及摟著西山的肩就要離開社辦的伊藤她們。

「真嶋學長……？」

西山和伊藤停下腳步。

「西山，伊藤學妹，妳們聽我說──公演要繼續喔。」

西山和其他人都一臉訝異地道出疑惑，但伊藤卻極為冷靜地看著我。

「明明陽向不在，要怎麼繼續？」

「我知道有個人會演茱麗葉。」

「是誰？我們社團裡──」

伊藤還沒說完，我便直接看向那個人。

「晶！」

晶抬起頭來驚訝地看著我。

「我、我嗎！」

「妳記得茱麗葉的台詞對吧？」

「我、我是記得，可是從沒演過……」

「記得台詞就很夠了。」

這麼一來就有一個希望。

「真嶋學長，請你等一下！」

西山焦急地從旁插嘴。

「就算晶有辦法演茱麗葉，但這樣換羅密歐沒人演了啊！」

「不，我也知道有個人可以演羅密歐。」

「什麼？誰啊？」

我大口深呼吸，然後筆直看著西山。

「——我。」

——現在想想，這三個星期自己一直和晶一起練習羅密歐的台詞和動作。

我也記得台詞。

只是沒演過罷了。

「老哥要演……？」

當我看向晶，只見她睜大了眼睛。

「真嶋學長，你真的行嗎？」

說實話我沒信心。

可是事情到了這個地步，已經無法糾結行不行了──

「我來『演』羅密歐。」

「老哥，真的可以嗎……？」

「那當然。可別小看妳哥喔？」

我咧嘴一笑。

「可是……」

「我來演。不對，我想演！」

我轉頭看向西山。

「西山，事情就是這樣，可以讓我來演羅密歐嗎？」

西山在訝異和躊躇之中，最後以社長的身分做出決斷。

「──好吧。真嶋學長，麻煩你了！」

我也做好覺悟了。

10 OCTOBER

10月23日（六）

花音祭第二天。

今天有很多事情可以寫。感覺會寫很長。我照順序寫出來吧。

首先是早上。

我和老哥在電車裡牽手了。

自己那時候應該是很不安。因為緊張，忍不住像平常一樣依賴老哥，不過他沒有抗拒。

我有一件事情想拜託他，可是說出來太害臊了，又很不安，最後沒說出口。
不過我拜託他到時候要答應我的要求。

後來在學校……

聽到陽向出車禍，我大受打擊。

公演差點取消，那也讓我大受打擊。不對，讓我震驚的是陽向她不在，結果只能在旁邊哭。

我真的好沒用……沒能為了陽向做什麼，只會哭。

可是老哥果然就是老哥。

在他的提議之下，我們突然就替換了角色。

老哥問我有沒有辦法演茱麗葉。台詞我是都記得，但沒有信心。

然而當老哥說他要演羅密歐的時候，我才開始想為了陽向、為了大家，還有為了老哥去飾演茱麗葉。

老哥總會帶給我好多好多東西。

比如朝氣、勇氣還有愛。我也必須多多回饋老哥才行。

不只老哥，也為了陽向，為了大家……

因為這些想法，我決定飾演茱麗葉。

第9話「其實我跟繼妹發誓彼此相愛了……（花音祭第二天・中）」

為了進行公演，我們已經迅速在體育館做好準備。

現在是音樂類型的同好會和志願參加者在舞台上舉行演唱會。我們把道具搬到舞台邊幕做好了準備。

當時間過了十點半後。

我在體育館後面與晶她們一起進行彩排。

「老哥，剛才那裡要——」

「知道了。我再試著把動作做大一點——」

我聽從晶的指示練習飾演羅密歐。

晶也單手拿著劇本練習演茱麗葉。她跟我一樣明顯都很緊張。

「妳果然很緊張嗎？」

「嗯……因為突然叫我代演啊。」

「可是妳演得很好耶。」

「沒有陽向那麼好啦……不對，為了陽向，為了大家，我都要加油！」

其實在彩排之前，我把戲劇社的苦衷告訴晶了。

我告訴她，戲劇社的未來和這次公演成功與否息息相關。

西山她們認為會帶來壓力，所以沒告訴晶和陽向——但再怎麼想隱瞞，晶也從剛才的氣氛感覺到什麼了。

因為晶偷偷問我，於是我實話實說。她聽完後態度依舊積極，說自己要更加油才行……我也不能輸給她。

不過旁觀和實際上場之間，果然隔著一堵厚牆。

我在腦中的想像和實際做動作、說台詞完全不同，遲遲無法隨心所欲地行動。

真虧我敢做出那種提議——自己現在也很傻眼，但另一方面一想到和我演對手戲的人是晶就稍微放心了。

只要和晶在一起不安就會消失，我反而會為了晶覺得自己必須努力。

「老哥，你的台詞幾乎無懈可擊了嘛。」

「這是在挖苦我嗎？妳連羅密歐以外的角色台詞都幾乎背下來了，被妳這麼說，我也不會開心。」

說是這麼說，我們依舊相視而笑。

晶感覺已經沒問題了。按照這個狀態，應該有辦法度過難關。

「西山，幾點要去換衣服？」

「公演的一個小時前。如果可以也想先把妝化好，啊哈哈哈……」

西山指著自己的眼睛。

包括晶在內的所有人眼睛都哭腫了。

從觀眾席上應該看不清楚，但她們還是很在意。

「放心吧，我找來了很厲害的幫手。」

「幫手？誰啊？」

「我們的媽媽。她叫做美由貴，是職業彩妝師。」

我在進行公演的準備前，先打電話給美由貴阿姨了。剛好在她走出家門之前，所以我說明了事情原委，她也願意特地把工作的工具帶來。

就這樣，我們彩排完一遍決定休息一下喘口氣。

等到中午時分，老爸和美由貴阿姨抵達學園了。

「涼太，陽向後來還有聯絡嗎？」

美由貴阿姨一來，就先擔心陽向的狀況。

「光惺有傳ＬＩＭＥ給我，說還會花上一點時間。」

「這樣啊……好擔心喔……希望她沒有因此大受打擊……」

「反正還有光惺陪著她嘛……先別說這個，不好意思，突然拜託妳幫忙……」

「沒關係啦，包在我身上！」

當我和美由貴阿姨說話時，老爸一臉擔心地和晶說話。

「晶，妳突然接下茱麗葉一角，沒問題嗎？」

「嗯。我會和老哥一起上台，沒問題喔。」

「說實話，那才是我最擔心的……」

「咦？老哥他沒問題喔。台詞也都記得很牢──」

這時老爸看向我，嘲笑似的說道：

「拜託，這傢伙很遲鈍耶。」

「啥！現在跟遲鈍沒有關係吧！」

──這麼回話感覺很像承認自己遲鈍，有點不甘心就是了……

「你了解羅密歐的心情嗎？人家喜歡茱麗葉喔。」

「這、這點小事我知道啦……不就是演技嗎？」

「喔，是喔。那你加油吧。反正我會支持晶。」

「太一叔叔，謝謝你。」

「拜託你也支持一下我啊……」

老爸以他的方式體貼我，我覺得僵硬的肩膀開始逐漸放鬆。

我們四個人寒暄幾句後，美由貴阿姨就帶著晶去化妝了。

「涼太，你不用去嗎？」

「對啊，我換衣服就好。」

「衣服呢？」

「用昨天在角色扮演咖啡廳穿的那套。」

我已經把事情原委告訴星野了。雖然是借來的服裝，只要不弄髒、弄破，拿去演戲不會有問題。

「話說回來，晶變了耶～……」

「嗯？對啊，真的變了。」

老爸的眼神顯得有些感慨。

他可能想起了第一次見到晶那天的事。

「當時我很擔心只交給你一個人處理會不會有問題，現在看來，交給你真是太好了。」

「老爸你幹嘛啊？很噁耶……」

「我很高興啦！」

老爸邊說邊不斷輕拍我的肩膀。

「與其說是因為我，不如說這是她努力的結果啦。因為她一直很努力……」

「就算是這樣，你拚命陪著努力的晶的身影我都看在眼裡。因為有你為了晶努力，才有現在的她。」

——關於這點，老爸也是一樣。

儘管不得要領，老爸還是每天都會跟晶說話。

有時候聊工作，有時候閒聊，他很努力扮演一個父親，卻又不會擺出父親的架子。

因為老爸也知道晶的心裡還有建先生。

我有把建先生的事告訴老爸。我說他不是無藥可救的渣男，對晶來說那是自己最喜歡的父親。

所以到頭來，老爸是在那個家中最處處顧慮晶的人。

「喂，老爸……」

「怎樣？」

「我絕對會讓這場公演成功。這是為了晶和所有人。」

「……知道了。加油吧。」

老爸再度拍打我的肩膀。

雖然比剛才那幾下都痛，卻也讓我湧出幹勁。

＊＊＊

——公演開始前十分鐘。

我們在帷幕尚未拉起的舞台中央圍圈。

晶穿著禮服的模樣果然很美。

儘管是短髮，晶那纖細的頸項和線條清晰的鎖骨都襯托出她的魅力。

而且美由貴阿姨化的妝無懈可擊。此外她還替晶做了頭髮，髮型與平常不同，顯得更美麗、更有女孩子氣了。

其他人也換上各自的服裝，經過美由貴阿姨的巧手後，從平常內斂的模樣完全變成演員的臉了。

現在隨時都能開演，但大家都很緊張。

接著，我們搭著彼此的肩。

「進場的客人挺多的喔。好像有一百個人左右。」

伊藤緊張地說道，西山也勉強擠出一抹笑容。

大家都配合著西山強顏歡笑，西山大大吸了一口氣然後吐出。

「終於要開幕了。各位，緊張嗎？」

所有人都點頭，動作卻比平常還要誇張，彷彿想把緊張藏起來。

晶也一樣，我想她應該是我們之中最緊張的人了。

「首先，我要感謝大家。謝謝你們陪我走到這裡。」

西山一邊說一邊低頭道謝。

「為了今天不在這裡的陽向，也為了許多支持我們的人，我說什麼都想讓今天的公演成功。各位，可以請你們幫我嗎？」

所有人點了點頭，就像在說：「那當然。」

陽向還沒到場，但光惺一定會把她帶來。

為了不讓她後悔，我們一定要在舞台上展現最棒的演技。

「好了，各位——我是很想接下去說，不過還是請真嶋學長帶頭喊口號吧！」

「什麼！我？這種時候應該是妳這個社長要喊吧？」

「不，因為你在那時候沒有放棄，我們現在才會站在這裡。所以真嶋學長，麻煩了！」

總覺得有點難為情，我看著大家，她們都面帶笑容看著我。

拜託，真的很難為情。

就連晶都看向我，笑著等我開口。

「而且我從沒喊過口號，要說些什麼啊……」

「想到什麼就說什麼喔。」

想到什麼說什麼嗎……

公演迫在眉睫，我想得到的就只有一句話。

「好吧……那──」

我大大吸了一口氣。

「為了所有人──────！」

其他人隨後跟著複述：「為了所有人！」

就這樣，舞台終於開幕──

＊＊＊

『這裡是維洛納。憤怒與悲傷交織的城鎮……蒙特鳩家和凱普雷特家，兩家名門彼此仇恨——』

公演從負責寫劇本的伊藤唸出旁白開始。

我在一開始登場時因為緊張和練習不足，表現得有些生硬，但後來總算能專心集中在演戲上了。

我唸台詞都沒有打結，因此增添了一點信心。

多虧自己這一路都有陪晶一起練習，也看了建先生的ＤＶＤ數次。

當我慢慢入戲，已經是羅密歐對好友說出他墜入情網的場面。

「其實……我在會場遇見一位美麗的佳人。我邀她跳舞，她也馬上答應。對方戴著面具所以不清楚長相……不過是個聲音令人陶醉的美麗女性。」

——對了，我記得晶一直記不住這句台詞，常常卡在這裡呢。

聲音令人陶醉的美麗女性——感覺好像在誇獎晶，好害羞。

「我們沒有互報姓名，不過交換了彼此的手帕。你看，上頭繡著『J』。我昨晚遲遲睡不著覺。自己還是第一次這樣——」

我總算挺過這個場面，感覺已經有點缺氧並搖搖晃晃地回到邊幕。

但無法慢慢休息。

隨著場景改變，背景也要跟著替換，所以得和其他社團成員一起迅速準備下個場景。

接著總算輪到晶登場。

我在緊張之中屏息看著她。

要是她在緊要關頭發不出聲音該怎麼辦——我抱著這樣的不安。

這是在茱麗葉的房裡，茱麗葉和奶媽芙蘭卡對話的場景——

「茱麗葉大小姐，您到底想談什麼呢？難道是戀愛的煩惱？請跟我芙蘭卡說說看吧。」

扮演奶媽的高村有些壞心眼地詢問晶——也就是茱麗葉。

接著是晶的第一句台詞——

「妳好壞！不要問得這麼直接嘛！」

晶的台詞一口氣刺破我的緊張。

她那大氣、清楚迴盪在舞台上的聲音，讓我忍不住握拳叫好。

晶很入戲，根本不需要替她擔心什麼。

「要是我的措辭惹您不快，還請您原諒。可是我實在很擔心呀。」

芙蘭卡這麼說後，茱麗葉的表情突然變得有些內疚。

「對不起，芙蘭卡，妳不用跟我道歉……其實呢……」

「其實……什麼呢～？」

芙蘭卡再度壞心眼地詢問，茱麗葉知道自己又被捉弄，便再次嘟起嘴巴。

「妳又這樣問！我不說了！」

茱麗葉踩著氣憤的腳步咚咚咚地遠離芙蘭卡。

芙蘭卡來到雙手交叉在胸前鬧著彆扭的茱麗葉身旁——

「這樣我很傷腦筋。請您告訴我吧。」

「我要不要說呢？芙蘭卡，我問妳，我接下來說的事情妳能保密嗎？絕對不能跟爸爸他們說喲。」

——茱麗葉接著突然興奮地動了起來。

——什麼嘛，根本演得活靈活現啊。

我一開始還以為，陽向才適合飾演表情與舉止不斷變化又天真爛漫的茱麗葉。

但現在這麼一看，這和晶平常在家的模樣並無二致。

一下開心，一下鬧彆扭，一下樂在其中，一下又偶爾面露悲傷……

對下一秒就會有不同表情的晶來說，茱麗葉完全是為她量身打造的角色。

開場就像這種感覺，我和晶——也就是羅密歐和茱麗葉還尚未在舞台上交鋒。

下一幕就是羅密歐和茱麗葉重逢了。

＊＊＊

現在是上半場最精彩的露台場面。

茱麗葉得知自己愛上的人是一族的公敵——蒙特鳩家的羅密歐，而陷入哀傷。

這時候羅密歐現身，上演兩人互許愛意的場面。

我再次做好覺悟，從邊幕跳出場——

「前面就是凱普雷特家的庭園。茱麗葉就在那裡嗎……」

我隱藏著身姿在舞台上鬼鬼祟祟走著。

這時候，聚光燈照亮了露台。

「喔，月光照亮的那個地方……是茱麗葉！不對，她是怎麼了？為什麼那麼哀傷呢？」

當我趕到露台旁，茱麗葉的獨白便開始了——

「羅密歐……——

你為什麼要出現在我眼前呢？

你為什麼要這麼溫柔地包容我？
你為什麼要讓我感到如此寒涼、痛苦？
你為什麼是蒙特鳩家的羅密歐呢？
我有好多事想問你……
如果我身上有翅膀，好想飛到你身邊。
然後放聲大哭，盡情為難你。
……可是不行。
我是凱普雷特家的茱麗葉。是你仇家的女兒。
我不能前往你的身邊。
啊啊，羅密歐，你為什麼是羅密歐呢……
至少……要是能再一次聽到你的聲音……──」

──按捺不住了。
如果她是如此悲傷難過，那我非去不可──羅密歐這時候應該是這麼想的吧。
「茱麗葉！」
於是我大喊出聲，晶這才發現我的存在。

「這個聲音難道是……羅密歐！」

這時候，我和晶四目相交了。那雙惹人憐愛的眼眸正盯著我。

我也同樣看著她，但總覺得有點難為情。

「茱麗葉，我好想見妳……」

「羅密歐……」

「茱麗葉，妳能不能下來庭園這裡？我想跟妳說說話。」

「不行，我沒辦法從這裡下去。」

「那我過去吧。」

我做出攀爬牆壁的動作，就這麼抵達露台。

現在我和晶抓著露台的扶手，兩人近在咫尺。

是因為我一直在舞台上跑動嗎？還是很緊張呢？自己的心臟跳得飛快。

「茱麗葉，我最愛的妳呼喚了我的名字。」

「你太過分了。居然躲在那裡偷聽呢。」

見她鬧起彆扭，我不禁苦笑。

我們說了幾句台詞後，來到陽向說她很喜歡的橋段——

「如果你喜歡我，就跟我一起活下去。直到遙遠的未來。」

「好，我對那輪明月發誓。」

「不要用月亮發誓。就像月亮有陰晴圓缺，我好怕隨性的你會變心……」

——我想起我們拿到劇本當天，陽向把這段演給我們看時的事。

當時我們兄妹倆看著陽向都看呆了，現在則由晶來演繹——

「再等一下。我倆戀情的花苞經夏季吹拂後，待下次見面時一定會開出美麗的花。直到那天來臨前，請你稍微等我……」

——很完美。她的演技不輸陽向，令人心醉……

我想不只自己，在場的所有觀眾肯定都被晶奪去心神了。

「知道了，誓言就先保留。但是我還沒聽到妳的答覆。」

「可是你一開始就聽到了啊。要再說一次，實在太難為情……」

「拜託妳，再說一次就好。」

晶的眼裡噙著淚水，雙手難忍情緒地握在胸前。

「什麼嘛，笨蛋羅密歐……不過請你愛著我。如果喜歡我，請你相信我……」

下一秒，眼淚從晶的眼裡落下——

「不好了，有人來了！你躲在這裡，我馬上回來，不要出聲喔——」

「…………」

——當我回過神來，晶一臉困惑地看著我。

慘了！瞬間忘詞了！

我急忙補了一句「知道了，我等妳」，卻顯得很生硬。

後來經過一小段插曲，我和晶分別從兩側進入邊幕。

我甚至無暇反省剛才忘詞，又馬上上台直接進入第一幕最後的場景。

這是羅密歐去找勞倫斯神父並和他商量結婚的場景，但我的腦中依舊惦記著剛才忘詞的事，走不出來。

即使如此我還是盡力克服，第一幕就以伊藤的旁白作結，總算結束。

＊　＊　＊

進入第二幕之前，有十五分鐘的休息時間。

這段時間我都在反省。

因為自己當時看的不是茱麗葉這個角色，而是晶。

現在得把晶和茱麗葉切割開來，更專注在自己的演技上啊……

我切換思緒準備迎向第二幕——這個時候，後台出入口的門打開了。

「涼太，你在嗎？」

「光惺？陽向！」

是光惺……以及滿臉淚痕的陽向。

「涼太……學長……嗚嗚……學長……」

陽向拄著醫療用拐杖，支撐著彷彿下一秒就會癱在地上嚎啕大哭的身體。

「抱歉，我們來晚了。」

「不會，來了就好。光惺，謝謝你，還有陽向——」

「對不起，我……對不……起……——」

「沒事的。晶代替妳演得很賣力，所以不用放在心上喔。」

「可是、可是我……真的……嗚嗚……」

當拐杖落在地板上，光惺急忙撐住陽向。

「傻瓜，妳扛太多責任了。」

「光惺說得對。妳不必一個人背負所有責任喔——」

——說是這麼說，就是因為陽向個性如此，才會被沉重的責任壓得喘不過氣吧。

光是來到這裡就很難受吧。

不只是我，西山她們也有同樣的想法，她們紛紛來到陽向身邊，異口同聲鼓勵著她：

「妳來了呢。」「妳很努力了。」

不一會兒後，我們便急忙開始準備下一個場景。

「光惺，抱歉。要準備下一個場景了，陽向，你們在旁邊看吧——」

我留下這句話，開始著手準備——

——然而事情果然不會一帆風順。

尤其以我的情況來說，接下來的第二幕，發生了一件不順到讓我懷疑自己前世是不是造了什麼孽的狀況。

我絲毫不知道會發生那種事，只是急著替舞台做準備。

後來才知道，其實這個時候晶、陽向和光惺說了許多話……

10 OCTOBER

10月23日（六）

自從決定繼續公演後我們忙得不可開交，時間一下子就過去了。

我們也沒什麼時間好好彩排，真的好擔心。

可是看到老哥拚了命地努力，我覺得自己也不能一直沮喪下去。

演茱麗葉讓我很緊張，可是多虧跟老哥和大家練習，總算是能上台了。

我知道老哥圍圈喊口號的時候，為什麼要喊「為了大家」。

那是對所有人的感謝。爸爸、媽媽、太一叔叔、陽向，
還有和紗她們戲劇社的成員。

再說得更多一點，都是多虧觀眾、多虧不在這裡，
但是幫助過我們的人。怕生的我能這麼努力，
都是大家的功勞。

我覺得演戲很有趣。

這是一種很奇妙的感覺。就像自然而然進入茱麗葉這個角色的感覺。

只要我在台上，我就是茱麗葉。是最愛羅密歐的茱麗葉。

雖然我還是最愛老哥的那個我，
但我對老哥的各種心意已經滿溢出來，無法停止了。

所以我把自己的心意寄託在台詞上，如實告訴老哥。

相信老哥一定能聽出我的心意。我想這麼認為。

第10話「其實最後高潮變得一發不可收拾……（花音祭第二天・下）」

第二幕的事前準備完畢後，我就在陽向對面的另一個邊幕待機。

接著布幕再度升起。

或許是因為陽向來了讓我安心不少，我找回自己的狀態，以良好的氣氛展開第二幕。然而——

「晶，妳怎麼會在這裡……？」

——羅密歐結束登場後，我退回陽向那一側的邊幕，忍不住一臉鐵青。

照理來說，晶現在應該要在舞台中央進行喝下假死藥的場面。但她還在這裡。

而且她沒有穿洋裝，反而穿著原本要穿的羅密歐服裝。

「妳穿成這樣……難道妳忘了下一場是什麼嗎！」

「老哥，抱歉了。我沒有忘記下一場，是忘記台詞了。」

「什……！但就算這樣，之後要怎麼辦啊！」

「放心吧。陽向會代替我出場——」

同一時間舞台的聚光燈亮起，照著舞台中央的床。

坐在上頭的人，是穿著晶剛才身上那套洋裝的陽向。

陽向手裡拿著假死藥的瓶子，傷心欲絕地看著它。

沒過多久，陽向開始演了——

「——你生得如此美麗，卻是可怕的惡魔。欸，你真的有效嗎？如果沒有發揮我期待的藥效，我明天早上就會被逼著跟巴里斯結婚了……——」

我原本還提心吊膽，不過陽向跟往常一樣演得很好。

只需要坐在床上，不用行動就能演，但我還是很擔心她的腳。

「晶，陽向她可以嗎？」

「嗯。她說這個場景不太需要動，所以不用顧慮到腳。」

「可是……」

「放心啦。我跟上田學長都準備好了，可以以防萬一。」

「咦？」

這時光惺穿著昨天那身王子服裝，一臉不悅地從布幕後方走出來。

「光惺，你……」

「真是的，麻煩死了……」

光惺撩起他的金髮。

「因為陽向說她想上場，才會突然換人演……」

「為什麼連你也穿成這樣？」

「因為我們講好要是陽向出事，我和那個矮冬瓜要上場幫她。」

如此說道的光惺百般無趣地指著晶。

「不、不要叫我矮冬瓜！」

「晶，妳……聲音……！」

我急忙看向觀眾，但他們並未看著我們這邊。想想也是——

「啊啊，我好怕。羅密歐，我該怎麼辦？我就想著你……只思念你一人，對主禱告吧。主啊，求求您，請您別捨棄我。羅密歐，請你給我勇氣！」

──觀眾已經完全沉迷在陽向的演技裡了。

陽向果然有一套。

第二幕明明突然換了一個人演茱麗葉，觀眾還是屏息看著她。

『其實就是這樣沒錯……我很喜歡演戲──』

……這樣啊。

陽向來我家那天要回去的時候，說她其實很想演戲。

晶大概是體貼她才讓給她演的吧。而光惺也很擔心陽向，才會留在這裡……

舞台上進入服毒的場景，在另一邊待機的西山等人開始行動了。

「先讓我整理一下狀況。現在是怎樣？」

「就只是陽向接著演茱麗葉。我和上田學長負責支援她。」

「那麼晶之後不出場了嗎？」

「嗯。羅密歐就繼續交給老哥你演吧。」

「什麼交給我……妳已經換穿這身衣服了，羅密歐就──」

「不行。我跟陽向約好了，一旦有意外狀況絕對會去幫忙。」

「這樣……啊，呃……那光惺那身打扮是？」
「就算我們上場幫忙，要是穿著制服世界觀就毀了啊。這是為了可以即興發揮啦。」
「我反對陽向上場，也說過我討厭穿成這樣了，可是……」
光惺無奈地抓著頭。
「知道了。那我跟陽向把後面演完就行了，是吧？」
「嗯。老哥，陽向就拜託你了喔。」
「涼太，要是有狀況你就用眼神跟我們示意。」
「知、知道了……」
話雖如此，面對這突如其來的換人，我還是心神不寧。
但我的頭腦還來不及整理好狀況，就輪到自己上場了。

——對了，伊藤之前好像說過。
戲劇是活的。比起停止，更該即席帶過……
有個名詞叫「前定和諧」，但這次公演卻打從一開始就狀況不斷。
希望別再出事，就這麼平安落幕……

＊＊＊

——墓地，安靈室。

舞台中央擺著一張床，聚光燈照著那張床。

飾演茱麗葉的陽向就靜靜躺在床上。

一路演到這個橋段，我現在非常緊張。

我在隔了一段距離的地方看著陽向穿禮服的模樣，該說果不其然嗎？總之她非常美。

光是稍微拉近距離，我的內心就為之激烈悸動，而自己接下來就要觸碰這樣的她了。

然後……親……假裝親吻。

一想到這點我的心跳便一口氣加速，緊張的汗水也在背上擴散。

「——茱、茱麗葉！」

我的緊張完全體現在聲音上。

——慘了，現在不是驚訝的時候。

我一靠近陽向，她的美看起來又更加耀眼。

端正的臉龐還有細緻雪白的肌膚在聚光燈的照耀下，發出亮麗的光澤。

我忍不住吐出感嘆的氣息，但還是繼續演。

「——茱麗葉，妳不是說我們要永遠在一起嗎？妳原本那麼溫暖的身體，竟然變得這麼冰冷……」

當我撫摸陽向的臉頰，她隨即頓了一下，害我更緊張了。

茱麗葉在這個場景幾乎不會動。

我在誤會之中服毒而亡，之後茱麗葉從床上起身，拔出羅密歐腰間的短劍然後自盡——如果只有這些動作，現在的陽向也辦得到。

總之這裡是舞台上，我得想辦法搞定——

「我們明明沒做錯什麼，為什麼會如此不順呢？」

——不對，一定有哪裡錯了。

這是什麼異樣感？

我感覺到自己跟剛才不同，有種疏離感，一點也不覺得自己的台詞發自真心。

「茱麗葉，我們未來就在一個沒有紛爭的世界獲得幸福吧。讓我們永遠、永遠在一起生活吧——」

——我懂了，原來是這樣。

因為不是我剛才發誓要相愛的對象……

因為不是晶，是陽向，我才覺得這句台詞不對勁。

演到一半換人肯定讓我無法入戲。

「我現在就去找妳。啊啊，茱麗葉，妳的身體還有一點餘溫——」

我再度撫摸陽向的臉頰，然後將手放在茱麗葉的肩膀上。

陽向又頓了一下，雖然只有我知道。

——我可以就這樣親吻陽向，而不是晶嗎？

不對，這是演戲。這是演戲，沒什麼大不了。

頂多只是假裝親吻，輕輕帶過就好了。

「這是最後一吻了。晚安，茱麗葉——」

我順著台詞壓低身體，慢慢靠近陽向——卻在半途停止。

陽向的肩膀正在顫抖。

她的表情僵硬並皺著眉頭，讓我覺得自己不能再靠近她了。

這個時候，我發現自己完全出戲了。

「學長，快一點……」

「呃……」

陽向小聲催促，我卻早已全身僵硬得無法動彈。

「對不起，陽向……」

「只要親一下，就結束了……」

但陽向的眼神卻沒有透露出這樣的希望。

看起來就像內心在否定腦袋的想法，她用這麼複雜的眼神看著我。

我這才回過神來。

陽向也跟我一樣完全出戲了。

或許是因為她還介意自己出了車禍，也有可能是因為半途接下茱麗葉一角，她並未完全入戲。

——又或者，演羅密歐的人是我的關係？

因為我拖了好一段時間，觀眾席開始躁動。

「真的……可以嗎？」

「反正是演戲……」

——不對。

我和陽向認識四年了，我從她的表情和言語當中只能感覺到異樣感。
肯定、迷惘還有拒絕——我感覺得到她心中混雜著這些情緒。
現在無論是她還是我，都沒有把感情放在角色上。
在這種彼此都沒有決心的狀態下說服自己是演戲所以可以親吻，總覺得哪裡怪怪的。
——我該怎麼辦才好？
自己已經完全定格了。
陽向也無計可施，只是盯著我的眼睛。
即使如此，我還是僵在原地任由時間流逝。
糟了，再這樣下去一切都會毀於一旦。
該怎麼辦？該怎麼……就在我不知所措時——

『你怎麼可以搞錯啦啦啦————————！』

音響突然傳出晶的大吼，響徹整座體育館。
現場瞬間鴉雀無聲。
我和陽向雙雙回過神來，看向晶所在的邊幕。

只見晶慢慢地、大方地往我們這裡走來。

她的手上還拿著兩把劍。

觀眾再度譁然。

——這是怎麼一回事？

「羅密歐，她是假的茱麗葉喔！」

「啥！」

……即興演出？

晶來幫我們了嗎……？

接著晶又看向另一邊的光惺，和他四目相交。

光惺就跟平常一樣，以「受夠了」的表情懶散地撩起金髮——不過下一秒，他的表情完全變了。

不是平常那副慵懶的表情，而是嚴肅、認真的表情。然後——

「她是我的女人！」

——他竟然跳上舞台了。

「帥哥，抱歉啊。你好像搞錯了——她是我的女人。」

光惺指著陽向說道。

「啥！」

在我訝異的同時，陽向也驚訝地撐起身體。

「你、你為什麼會在這裡！」

陽向的臉紅到彷彿快冒火了。

——這下子當然會驚訝呢……

光惺從來都對女生不感興趣，把「好懶」、「麻煩」掛在嘴邊，但他現在不只突然站上舞台，甚至面不改色說出這種裝模作樣的台詞……而且還是對「親妹妹」……

「哪有為什麼？這還用問嗎——」

光惺不理會滿心困惑的陽向和我，從舞台上居高臨下面對觀眾並擺出帥氣的姿勢。

「——我是來把妳擄走的！」

話一出口，體育館傳出整齊劃一的「呀啊啊啊——！」尖叫聲……呃……為什麼？

接著光惺三步併作兩步來到陽向身邊，在我還沒反應過來時用公主抱抱起陽向。

陽向漲紅了臉仰望光惺。她就像一隻聽話的小貓，並未抵抗。

「羅密歐，事情就是這樣，這女人我帶走了——」

「等、等一下！你是誰啊！」

「……你說呢？而且你已經有茱麗葉了吧？」

「咦？」

「你可別以為自己可以左擁右抱喔。再見了——」

光惺說完便抱著陽向瀟灑地走進邊幕。

舞台上只留下愣頭愣腦、啞口無言看著光惺背影的我，與雙手持劍、一臉嚴肅的晶……

我和晶對上眼後，她小聲告訴我：「別管了，配合我演就對了。」

「羅密歐！」

「啊，呃……茱麗葉？原、原來妳活著啊……？」

「你太過分了！居然把我跟別的女孩搞錯！」

「啊……呃……這、這是有原因的！」

「你居然忘記發誓彼此相愛的人的長相！」

「等……妳先冷靜一下！先冷靜下來，我們談談吧！」

觀眾席傳出陣陣笑聲。

大概是我窩囊到極點的演技（？）引人發笑了吧。

「廢話少說！你竟敢瞧不起我！這個花心男！」

「所以說，我沒有那個意思——」

我的話還沒說完，晶就把手裡其中一把劍丟過來。我慌慌張張接劍，一時之間還搞不清楚狀況——

「我要跟你決鬥————！」

晶高舉手中的劍說道。

「為什麼啊————唔！」

轉眼就變成打鬥了。隨著我發出吼叫，體育館內也一陣譁然。

「慢、慢著！的確是我不好！我們先談談吧！好嗎！」

說時遲那時快，晶迅速拿著劍砍過來。

我在千鈞一髮之際用劍擋下。

我們刀鋒相對，僵持不下，這時晶趁只有我看到時露出笑臉，並以只有我聽得見的音量小聲說：

「…………（老哥，我來幫你嘍。）」

「…………（妳幫著幫著，是不是反而把我害慘了啊？）」

「…………（別說了，繼續演下去吧。）」

「…………（繼續演是要怎麼演啊！）」

「…………（你應該曉得吧？快想起平常的我們啊——）」

然後晶用力把我向後推。

我退後了兩、三步，下一秒晶的表情已經完全進入戰鬥狀態了。

平常的我們，是嗎……——

我稍微冷靜地思考。

仔細想想，我們從未吵過架。

在家只會一起懶懶散散地看漫畫、打電動，更別說刀劍相向……刀劍相向？刀劍相向！

——「終武2」嗎！

當我露出驚訝的表情時，晶也點了點頭。

——原來如此，接下來就演平常的我們，在現實做出遊戲中戰鬥的模樣就行了是吧。

我總算整理好思緒，於是放下高舉的劍。

「我明明愛著妳，為什麼會變成這樣！」

「我要測試你的愛！如果要貫徹對我的愛，就只有一個辦法！」

晶舉高手中的劍，露出不懷好意的笑。

「——我不會委身下嫁比自己還弱的人。想要我，就來打敗我！」

這下觀眾更加激動了。

應該沒幾個人知道這是中澤琴的經典台詞吧。

這種時候還能套用這種台詞，她可真有一套。

我也只能徹底放棄，跟著舉劍。

「那好吧，我就打敗妳！」

我們完全沒練習過武打戲，只是有樣學樣地舉劍並擺好架勢。

我懂了，晶模仿的是中澤琴的架勢。

那我就模仿土方歲三吧——其實幕末的日本和十四世紀的義大利，就設定上根本搭不攏……唔哦！

「看招！」

「小意思！」

我揮開晶的斬擊，感覺到自己的嘴角上揚。

——晶，妳真的變了……

她在舞台上活潑、享受的模樣，就跟在家時的表現一樣。像弟弟一樣活潑，卻又像妹妹一樣可愛——她現在已經在人前展現出這副模樣了。

晶過去光為了自己的事情就一個頭兩個大，現在卻為了幫助我和陽向出場，我實在非常開心。

一想到這點，無論是這場荒謬的刀劍相向，還是過往的一切全都暢快得令人想笑。

只是覺得很快樂。

我現在在舞台上真心地樂在其中。多虧有晶——

「呀啊！」

「嘿！」

晶拚命使出連擊。但是——

「太天真了！」

「唔……」

我在小學時曾經自己一個人玩刀劍家家酒，看來是我技高一籌。
見情勢不利，晶露出急躁的表情。
現在想想，她是我早已死心，認定無法用「終武2」勝過的對手……
但如果是現在——能贏過晶！
我把劍舉在身體中段，然後吸一口氣閉上雙眼。
這是土方歲三在「終武2」裡的超級必殺技——
「看招！祕劍——」
我用力睜開眼睛……但——

「——有機可乘啊啊啊————————！」

我手中的劍被打飛了。
「咦咦咦咦咦————————！」
好殘忍！
居然在別人醞釀超級必殺技的時候打斷，我平時一直跟妳說這樣犯規啊！
「如何？是我贏了喔！」

這種時候就讓做哥哥的好好表現嘛……

「唔……是我輸了……」

雖然無法接受，還是配合她認輸了。

我死心閉上雙眼——但不管等多久，晶都沒有給我最後一擊。

我把眼睛睜開一條縫，想看看怎麼了，只見晶也將手中的劍「鏘」地一聲丟在地上。

「我不會取你的性命！相對的，我要你無條件答應一件事！」

「咦……？」

「我來娶你！不對，讓我當你的新娘！」

「啊……？咦咦————！」

體育館中一陣騷動，我的叫聲馬上就被蓋過了。

——唉，可是……

這就是平時的我們。

這不是即興演出。

想必是只有我們兄妹才懂的互動。

晶只是站在舞台的中央，一心一意坦率地對我表達她的心意。

當我啞口無言看著晶，她竟對著我吐出舌頭。

——受不了，這到底是什麼妹妹啊……

我走近晶，把手放在她的肩膀上。

自己現在已經傻眼至極，反而開始覺得有趣了。

「那妳要跟我就此私奔嗎？我們逃到遙遠的城鎮一起生活吧！」

如果是平常的我，絕對不會說這種話——是晶創造出這個只能這麼說的狀況。

既然如此，現在也只能挺過去了。

「唔……！我好高興！羅密歐，你以後也願意一直愛著我對嗎！」

「那當然了，茱麗葉！我愛妳！」

我們兩人緊緊抱在一起。

這時候伊藤看準時機，說出旁白結尾——

『就這樣，兩人結合了。由於兩人的私奔，讓雙方家長開始反省，最後替長久以來的紛

爭劃下休止符……這在之後，兩人幸福快樂地白頭偕老。』

接著閉幕並介紹成員。

觀眾席響起熱烈的掌聲和歡呼。

隨後是謝幕……

我們甚至無暇沉浸在餘韻當中，馬上開始收拾。

……結果最後——

「「太過火啦啊啊啊～～……——」」

……果然變成這樣了。

我和晶在體育館後方，雙雙沉浸在沮喪之中。

沒想到會逆轉結局。

我們把理應是悲劇的重要場景，靠蠻力翻轉成莫名的喜劇、莫名的動作戲，以及莫名的愛與和平的圓滿大結局。

……不行不行，這太離譜了。

就算再怎麼亢奮，那也太誇張了。

總之我要對莎士比亞大師——

致上誠摯的歉意……

當我和晶在體育館後方盯著地面看了好一陣子時——

「啊！原來你們兩個在這裡啊？」

穿著茱麗葉服裝的陽向拄著拐杖走來。

看來她一直在找我們。

「陽、陽向……對不起，我——」

「是我對不起你們！」

陽向突然低頭道歉，我和晶都愣住了。

「涼太學長，非常對不起！我不只突然跟晶換角色，還在那個時候慌了手腳……」

「啊……不會……妳演得很完美啊！不好的人是……是半途卡住的我。」

「我也要跟晶道歉！難得妳把茱麗葉讓給我演……」

「我、我也要道歉，突然說妳是冒牌貨！我想說要想辦法幫你們，情急之下就……」

「不會，多虧有妳即興演出，故事才能順利落幕……」

即興演出？即興啊……

我自己是不太能接受這個說法啦——

「話說回來，剛才的即興演出太厲害了！你們好有默契，感覺很逼真很生動呢！」

「「唔咕……！」」

我和晶面面相覷之後不禁臉紅。

「沒、沒有啦……那個算是我們鬧過頭了……」

「對對對……我跟老哥平常不是那樣喔，真的……」

「咦？是嗎？」

陽向疑惑地看著我們。

「對、對了，光惺呢？」

「哥哥他去廁所躲起來了。」

「躲？」

「大家好像迷上他了。戲演完之後，他被一群女孩子包圍……」

「嘖……那個帥哥！」

只不過是出場一下子就拉攏全場，這樣我的面子要往哪裡擺啊……算了，是無所謂啦。

「話說回來，陽向，光惺他走上舞台……是好事嗎？」

「他太裝模作樣啦。我都要退避三舍了——」

陽向嘴上這麼說，卻是一副喜在心裡的表情然後仰望天空。

「——不過如果他是為了我才出場，那我倒是有點高興。」

「這樣啊。那就好。」

「對呀！」

陽向露出一掃陰霾的笑容，就像一片晴朗無雲的天空，我和晶不禁相視而笑。

＊＊＊

在晶和陽向去換衣服的期間，我向回到社辦的西山等人鞠躬道歉。

我清楚交代出我們在最後關頭把整個舞台弄得亂七八糟的原因，在於我自己演到一半卡住，因此晶、陽向，還有光惺並沒有責任。

然而她們沒有生氣，別說生氣了，甚至笑著說：「非常精彩。」

伊藤也難得興奮得手舞足蹈。

「其實我超喜歡那種荒謬的故事發展！」

「是、是喔？那就好……話說回來，伊藤學妹，最後的旁白是西山下的指示嗎？」

「是晶。她說『皆大歡喜才是王道！』」

只憑這句話就能在那種關鍵時刻想出旁白，伊藤可真有一套。

眾人就像這樣笑成一團，只有西山一個人很傻眼。

「受不了，之前明明教訓人家別演得太過火，結果你們最後擁抱的場景是怎樣？」

「啊……不，那是順勢就……」

「難道學長其實喜歡晶嗎？」

「才不……因為晶是我妹，才有辦法抱上去啦！」

「因為是妹妹才有辦法抱？原來如此，原來如此啊～……——」

西山露出邪笑。

「——真不愧是超出規格的戀妹老哥耶～」

「對對對，所以這不是情愫……啊？超出規格的戀妹老哥？」

我看向伊藤，只見她迅速拿劇本遮住自己的臉，不肯看我。其他人也都開始竊笑。

西山不管我的反應，繼續開口：

「學長，你果然跟傳聞說的一樣。而且你們好幾次在社辦卿卿我我給人看了，我們都覺得那絕對不是空穴來風的八卦，而是確有其事啦～」

看來我的傳聞是我有戀妹情結……嗯？

「先等一下！我才沒有卿卿我我，而且也沒有戀妹！」

「越是戀妹的人越會說這種話啦！你在一年級生之間超有名喔！」

「就說沒有戀妹了！晶是最近才跟我變成家人的繼妹……」

「……學長的意思是，你純粹把她當成異性喜歡是吧？」

我滿臉通紅還想反駁，卻看到伊藤的臉比我還紅，低聲唸唸有詞：

「跟繼妹……同住一個屋簷下……從早到晚……哇啊啊啊啊！」

伊藤，妳剛才做了什麼想像……？

其他人也漲紅了臉發出尖叫。

看到我一句話都說不出來，西山發出竊笑。

「不過多虧你們，才上演了一齣這麼精彩的戲。真嶋學長，謝謝你。」

西山低頭道謝。伊藤和其他人也跟著西山低頭。

「啊，不……我什麼都……」

「這麼一來，就算廢社我也沒有任何遺憾了。這對我來說，真的是個很美好的回憶──

對了，學長的入社申請書要怎麼辦？」

「沒差啦，就維持這樣吧……」

「這樣啊……那學長以後也會參與活動嗎？」

「是啊……」

伊藤聽到我和西山說的話，似乎發現了什麼。

「和紗，你們說的是……」

「天音，抱歉。我有件事一直沒告訴妳們。我等一下就說。」

「嗯、嗯……」

「學長可以不用陪我們了。反正我只是要對大家說『那件事』。」

西山露出有些悲痛的神情。

我只說了一句：「好吧。」便離開社辦。

就算西山不在了，社團成員包括我也有五個人。

雖然這樣無法保證社團不會解散，但為了伊藤她們，我決定繼續留在社團當中。

10 OCTOBER

10月23日（六）

　第一幕順利結束後，陽向與上田學長一起在第二幕開始前一刻趕來了。

　那讓我覺得好安心。

　雖然陽向一直哭，光是來這裡肯定需要很大的勇氣吧。

　但我還是無法接受上田學長那冷淡的態度。

　我們後來有點小吵架，應該說起了小爭執……

　而且我說不定說了多餘的話……

　可是上田學長嘴上嘮叨，後來還是答應了我的提議。

　跟老哥說的一樣，他不是個壞人。而且他的演技很棒。

要是他平常也像那樣……啊，我可能沒辦法接受。講話裝模作樣的上田學長，實在是有點……

　不過陽向好像很心動。

　難道陽向她……應該是我想太多了吧？

　先不說這個，我硬是改變了最後結局。一時情急跳出去，不過跟老哥像平常那樣打鬧很開心。

　我也覺得自己做得太過火，已經反省過了。

　其實在打戲之後，我本來是想告訴大家

「鬥爭沒有意義，大家要和平相處」什麼的，然後落幕……

　結果太沉迷其中，在眾人面前要老哥娶我……

　不過老哥也配合我，最後還說他愛我，

然後擁抱我！天音的旁白也棒呆了～！

　老哥～我現在好幸福，快心動而死啦……？

　對了！不知道太一叔叔有沒有成功錄下來呢？

　皆大歡喜才是王道！老哥，我愛你喔！

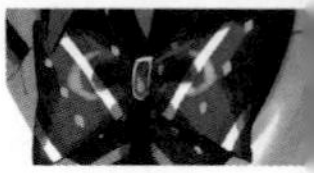

最終話「其實我和繼妹（妹妹）在後夜祭發生許多事……」

Jitsuha imouto deshita.

花音祭第二天儘管發生了許多突發狀況，最後還是想盡辦法解決了。
當天放學後，我和晶一起參加後夜祭。
我們兩人眺望著營火時，光惺和陽向過來了。
他把拐杖夾在腋下，背上揹著陽向。
看到嘴上嘮叨其實還是很照顧人的光惺，我忍著自己的笑意。
「涼太，我們先走了。」
「後夜祭呢？才剛開始耶。」
「我肚子餓啦。因為午餐沒吃啊。」
說是這麼說，其實只是想讓陽向早點回家休息吧。
「這樣啊。那光惺，下星期見。」
「喔。」
光惺正要離開時，陽向說了聲「等一下」阻止他。

「那個……涼太學長，今天真的很謝謝你！」

「喔……不會……」

「晶也是，真的很謝謝妳！」

「不會，別放在心上！因為平常都是妳在幫我啊。」

這時光惺像是想到什麼，對晶開口：

「對了，妳還在生氣嗎？」

「沒有。那時是我不好，上田學長。」

「不會，我沒差──那再見啦，矮冬瓜。」

「都說了，不要叫我矮冬瓜──！」

兩人的對話內容雖令人在意，晶之後抱怨了一聲「討厭」便開朗地揮手道別。

光惺就這麼揹著陽向往校門走去──

「陽向，妳又變重了吧？」

「你說『又』是跟什麼時候比啊！還有，不准跟女孩子講體重！」

──我聽到了這麼一段對話。

總之看到他們又是平時的上田兄妹，我就放心了……不對，感覺好像比平常還柔和。

不過有一件令人介意的事。

「對了，晶，妳今天跟光惺怎麼了嗎？」

「喔……嗯。其實啊——」

晶顯得有些尷尬，但還是慢慢說出今天發生的事。

＊　＊　＊

——以下是我基於晶的說詞，以自己的觀點重新潤飾的結果。

這件事要回溯到演戲途中，也就是陽向出現的時候。

我們開始準備工作之後，晶剛好走下舞台與我們錯身。她一看到陽向就上前抱緊她。

「陽向！」

「晶，對不起！都怪我！」

「沒關係。我演得沒有妳好，可是還說得過去。」

「對不起，真的對不起……我給大家添麻煩了……」

「沒關係，我不覺得這是麻煩啊……大家也都不怪妳……」

晶摸摸被後悔壓垮的陽向的背。

這時在一旁看著的光惺開口：
「陽向，該去觀眾席坐著了。」
「咦……？」
「我們待在這裡會給人添麻煩。大家都會顧慮妳。」
「也、也對……那哥哥——」
光惺這種說法讓晶非常惱火。
「我們顧慮陽向有什麼不對啊！」
於是她對光惺拋出這句話……應該說撂狠話。
「晶……？」
陽向一臉訝異，對晶的反應感到訝異的光惺解釋自己不是那個意思，而是替大家著想。
晶也明白光惺所說的。
如果立場相反，她也會馬上前往觀眾席。
但晶這個時候已經沖昏頭，直接吼出她這段時間對光惺的感受。
「我討厭上田學長那種說話方式！」
「……啊？」
「你讓自己一切都能兼得，結果卻讓別人陷入兩難啊！」

上田兄妹驚訝地瞪大眼睛看著晶……我想如果自己在場一定也很驚訝。

「你要再多聽聽陽向的心思！再更仔細聽聽她現在想怎麼做，又是什麼心情啊！」

「…………」

光惺只是默默聽著晶大吼。

被平常不怎麼交談的晶指出這些，就像點出他過去從未好好關懷過陽向，這讓他深深反省——

「啊？為什麼我非得被你這種矮冬瓜教訓不可？」

——怎麼可能嘛……

光惺連這種時候還是一樣不慌不亂——拜託，你好歹驚慌一下嘛。

這麼一來，晶後來也不會說出那些不必說的話了——

「因為我是陽向的朋友！」

「我可是她哥。」

「哥哥就可以冷落妹妹嗎！」

「我沒有。我是替她著想——」

「你才沒有！如果你想擺哥哥的架子，就學學我老哥啊！」

「啊啊？幹嘛學涼太——」

「因為我老哥很溫柔！他會在乎我思考的事、想的事，還有我的任性，他總是想替我做所有的事！雖然他遲鈍、優柔寡斷，卻是個很棒、很帥的人……我就是為了這樣的老哥，才想要改變！你要是不甘心，就像我哥那樣變成能讓陽向自豪的哥哥啊！」

——我聽到這些，整個面紅耳赤。

晶，妳看妳都說了些什麼……

經過一陣沉默後，陽向噗嗤一聲笑出來。

「晶，妳這些話根本不像在說哥哥，反倒像是……」

「啊……」

晶這才漲紅了臉。

接著陽向面對光惺開口：

「哥哥，我想演戲。」

「……我早就隱約知道了。」

「我可以繼續演戲嗎？可以加入戲劇社嗎？」

「都說跟我無關了吧？這是妳的人生。妳想怎麼做就怎麼做。」

「哥哥不願把我當成你人生當中的一部分嗎？」

「這……」

「因為我們是親生兄妹……？」

這句話說完，他們之間保持了好一陣子的沉默。後來先開口的人是光惺。

「……沒錯。所以我們跟涼太和這傢伙不一樣。我們是親兄妹……」

「……知道了。那我不會再要求哥哥什麼了。」

陽向大大嘆了一口氣。

「不過這次已經不行了，下次吧……」

她落寞地看著腳，這麼低喃。

晶聽到之後——

「我有一個提議，應該說我想拜託陽向……」

「什麼事，晶？」

「其實我沒記住最後那個場景的台詞……」

——她撒了謊。

陽向這個時候還不知道戲劇社面臨的狀況。

她不知道這可能是戲劇社最後一場公演。也不知道戲劇社或許會在今年廢社。

晶從我這裡聽說這些之後，就決定把最重要的場景讓給陽向。

「可是我——」

儘管陽向頻頻看著自己的腳——

「——我還是想演。不過晶，這樣好嗎？」

「嗯！」

但在這時光惺卻開口阻止。

「先等一下！這傢伙受傷了耶。要是出什麼事怎麼辦啊？」

「不是還有我和上田學長嗎？」

「啊？」

「到時候我們就去幫陽向。一旦出事，我們一定會上場救援！」

「等……妳……少擅自——」

「好！那我就不客氣了，晶，哥哥！」

——聽說事情就是這樣。

然後光惺也心不甘情不願地換上王子裝——似乎就是這樣。

＊＊＊

「——就是這樣。」

「原來如此……原來在我沒看到的地方，發生了這種事啊……」

「嗯，如果只有我一個人，可能什麼都做不到。要是上田學長那時候不在，大概不會這麼順利……」

對我來說，不管事情經過如何，看到光惺站上舞台才是最令人訝異的事。

不過這麼一來就搞清楚一件事了。

光惺雖然嘴上不饒人，還是個好哥哥。

畢竟他為了陽向，可以拋開童星時期的討厭過往，站在舞台上演戲。

「話說回來，晶，真虧妳敢對光惺說那些耶。就某個層面來說妳很厲害喔。」

「因為我那個時候情緒很亢奮啦～……還有老哥要叫上田學長別再叫我矮冬瓜喔！」

「啊，嗯……」

矮冬瓜——光惺這個人是沒什麼挑選詞彙的品味啦。

但這只是我的感想，這個詞有種可愛的氛圍。

我們說著說著，準備要離開的外賓當中有兩個人朝我們走來。

「涼太、晶——」

是老爸和美由貴阿姨。他們面帶笑容往我們這裡靠近。

「老爸。」

「媽媽。」

「哎呀～簡直棒呆了！涼太、晶，你們都很努力喔！」

「晶，妳好棒喲！涼太也很帥氣喲！」

被他們用這種誇張的方式誇獎，總覺得好害臊。

晶也跟我一樣，我們四目相交然後面帶苦笑。

「話說回來，最後那是怎樣？與其說是演戲，根本就是平常的你們嘛。」

「是呀。感覺就是平常的你們，感情很融洽。」

「咦？是這樣嗎……？」

「光惺和陽向也有出場，還挺有趣的嘛。好像連我們看的人都年輕了幾歲喔。」

「戰鬥後在一起的兩個人……我都忍不住跟太一一起尖叫了呢。」

老爸他們興奮地說著感想，我不禁感到心跳加速。

我們說了幾句話後，老爸他們就回去了。

隨後晶馬上「啊！」地大叫一聲。

「爸爸！」

我看向晶的視線方向，只見身材高大的建先生鬼鬼祟祟地躲在樹蔭下。

那個人是在搞什麼鬼啊……

我們一同跑到他身邊，他卻一臉尷尬。

「美由貴他們已經走了嗎……？」

看來他是在意美由貴阿姨。

「建先生，你有來看戲啊？」

「對啊。不過居然是真嶋演羅密歐，晶演茱麗葉啊？我都不知道，差點嚇破膽呢……」

「欸嘿嘿嘿，其實發生了很多事……別說這個了，爸爸，我演的戲怎麼樣？我照你的建議去做，很努力喔！」

「演技是很好啦，可是最後那段還真新穎啊……」

「這是什麼感想嘛……」

晶一臉不悅，建先生卻無奈地笑了。

「真嶋，你最後定格了吧？追根究柢那是最要不得的。從那邊轉換成即興演出是很好，但脫離原本的故事就不行了。」

「嗚……不好意思。」

現在想想，我當時其實也可以硬演吻戲。

但現在很慶幸當時沒那麼做。

「不過像這種校慶的舞台，樂在其中是最重要的事。就算有點亂七八糟，但只要觀眾開心，自己也開心，那就行了。」

「是這樣嗎？」

「就是這樣。我看得很開心，你們呢？」

「雖然發生了很多事，可是很開心！」

「我也很開心喲！」

「那就好。」

建先生一臉滿足地笑了。

「話說回來晶的演技……應該說她的成長幅度這麼顯著，果然是因為跟你是父女嗎？」

後天取得的性質不會遺傳。這點我自己最清楚。

但我就是覺得晶的演技是從建先生身上繼承來的。如同建先生過去克服了怕生的毛病，晶看起來也已經克服這毛病。

或許血緣關係還是非常重要的連結。

「那當然。她可是我的女兒。」

「爸爸，這句話等你走紅了再說啦……被一個不紅的爸爸這麼說，我也不開心。」

「嗚咕……」

晶尖銳的吐槽讓建先生忍不住發出呻吟。

「好啦，玩笑就先放一邊──」

啊，原來是開玩笑喔……

「──其實不只演技，我覺得環境對一個人的成長占有很重要的因素。換句話說，成長要看一個人在什麼樣的環境下，付出了什麼樣的努力。」

「環境啊……」

「但說到底，還是要看身邊的人和自己。血緣關係或許很重要，但成長環境比任何因素都重要，這是我的觀點。所以──」

建先生邊說邊將手放在我的肩上。

「──真嶋，謝謝你了。晶之所以能夠改變，都是多虧支持著晶的所有人，而最大的功臣就是最替晶著想的你。你在晶的環境裡是中心人物。所以謝謝你，真嶋……謝謝你……」

建先生這麼對我說，並用衣袖擦拭微濕的眼角。

「好了，晶，你以後可要和哥哥好好相處喔。」

「嗯！」

「真嶋，晶就拜託你了。」

「好！」

後來我們看著建先生離去的背影交談。

「晶，妳有把孟德爾定律的事……」

「沒有，我沒說喔。我想那真的是爸爸自己的觀點吧。」

「這樣啊……」

晶悄悄握住我的手。

「老哥，你還被困在孟德爾定律裡嗎？」

「……沒有。稍微看開了……」

現在想想，在我和晶一起度過的這幾個星期內，我完全忘記那女人的存在。即使心中的憎恨在未來也不會消失，現在我卻覺得已經無所謂了。

——在晶的環境裡，我是中心人物嗎？

那個人也真是的……把這麼重要的部分交給我這種人，真的好嗎？

不負責任，就會耍帥……但我為什麼就是無法討厭建先生呢？

「欸，老哥。」

「嗯？」

「你要手帕嗎……？」

「不了，不用……」

我效仿建先生，用衣袖擦了擦眼角。

＊＊＊

當昏暗的夜色逐漸降臨大地，操場中央的營火正熊熊燃燒，炒熱了後夜祭的氣氛。興奮的男女都開心地圍在營火旁活動。

我和晶卻只是坐在遠處看著，在沉默之中任由時間流逝。

隨後我突然想到一件事，於是開口：

「對了，早上說的事……」

「什麼？」

「就是在電車裡……妳說的那件事啊……」

「喔，我說要拜託你的事？」

「對對。妳想拜託我什麼啊？」

只見晶笑嘻嘻地盯著我。

「已經實現了喔。」

「咦？什麼時候？」

「那場戲的最後，你不是說了『我愛妳』跟『一起生活』嗎？」

「那、那是……」

「我知道。因為是演戲對吧？可是就算是假的也好，希望老哥你能對我說這些。所以本來是想在今天營火晚會時拜託你說出來的。就算是說謊也好，希望你能對我求婚……」

如此說道的晶輕輕握住我的手。

「其實我很不安。我越是進攻，老哥就跑得越遠，所以連維持我們之間的距離，都要用盡全力……」

「晶……」

「可是你在舞台上說愛我讓我好心動……已經心滿意足了。」

「……如果那不是假的，也不是演戲，而是我的真心呢？」

「那我會死掉……會心動到死……」

「這、這樣啊……」

死掉就麻煩了……

「咦？老哥，難道你那些話都是發自內心？」

晶以充滿期待的表情看過來，我不禁別開臉。

「……是不是發自內心，其實連我也很難說。說不定只是順勢說出口，也有可能只是被現場氣氛影響——」

——所以我決定這麼告訴她。

「我還不是很清楚。我還沒整理好自己的心情。」

我筆直盯著晶的眼眸。她的瞳孔被營火照亮，溫潤地閃爍著……這時候——

「——你們在做什麼呀？」

我和晶當下急忙把手抽走並別開臉。聲音的主人是西山。

「沒、沒什麼啊……對吧，晶？」

「呃……嗯……」

「是喔是喔～但就我看來，你們好像在牽手耶？」

「是妳多心了！」

雖然話已經說出口，西山還是笑瞇瞇地看著我們。

「對、對了，妳來幹嘛？」

「當然是來當你們的電燈泡——」

「啊？」

「——這是玩笑話，我是想鄭重跟你們道謝。真嶋學長、晶，謝謝你們。」

西山邊說邊低頭道謝。

「多虧你們，我不只有了一場最棒的回憶——還收到一件最棒的消息～！」

「最棒的消息？」

「剛才學生會的朋友跟我說了，戲劇社應該可以繼續運作！」

「咦？那戲劇社……」

「和紗，這是真的嗎？」

「嗯！對方說問卷調查的結果很不錯，這樣應該不會有問題！」

我們受到西山感染，一起笑了出來。

實際成績——這是評斷社團有沒有確實進行活動的基準。

其實這是伊藤的主意，為了製作戲劇社的成果報告，我們對今天的觀眾進行問卷調查。

也就是說在體育館內，有將近一百名的人們都在問卷當中留下正面的評語。

學生會就以那份報告和老師們協商。

西山把手放在晶的肩上。

「所以了，晶妳想要怎麼做？真嶋學長說他還會繼續待在戲劇社，妳要不要也順便加入好了？」

正當我想著不知道晶會怎麼決定時——

「嗯！我也想再繼續待一下！」

她開朗地答應了。

「那……來，入社申請書給妳。我也有帶筆，妳現在就寫上去～……」

「好。那我寫了——」

當晶開始寫上自己的名字，我卻感覺到事有蹊蹺而「嗯？」了一聲。

這傢伙準備得還真周到啊……

「好，這樣妳就確定加入社團了。晶還有真嶋學長，明天開始也請你們多多指教！啊，還有陽向好像也會加入，這樣我們就得到三個人了！我也順便拉陽向的哥哥加入好了～♪」

然後這傢伙為什麼會這麼興奮啊……？

「我、我知道啦，可是西山，新社長會是誰啊？果然會選伊藤嗎？」

「什麼？社長一樣還是我啊……」

「啥！」

「所以說，社長是我。」

「不是，我不是問這個，妳不是要搬家……」

晶一臉疑惑，但並不是對西山，而是我。

「西山，這是怎麼一回事……？」

「我是說過『要搬家』，但我沒說過『要轉學』吧？」

這也就是說──

「──妳、妳這是詐欺吧啊啊啊啊──────！」

「學長這話說得好難聽喔～……我們家好不容易在市內蓋了房子，所以只是搬去新家而已啊。真嶋學長，請不要擅自把我轉學啦。」

「妳……那妳當時的眼淚呢？」

面對我的問題，西山吐出舌頭。

「我是戲劇社的呀～♪」

接著她甩了甩晶的入社申請書，就這麼溜之大吉了。

「那傢伙太惡劣了……」

「老哥，你又誤會什麼了嗎？」

「沒有，那才不是誤會，是詐欺，詐欺！我不加入了！晶，我們馬上提交退社申請！」

我被怒氣沖昏頭這麼說道，但晶卻哀求似的仰望我。

「咦……可是我還想繼續演戲……」

「嗚……」

「老哥，你以後還會幫我加油嗎……？」

不要用那種眼神看我啦～……

「……好啦。」

畢竟我也不能把晶放在那個古怪的西山身邊不管。

所以只能勉為其難答應了。

我真的覺得自己很寵晶。

「唉～……但這就是我啊……」

「咦？老哥這是什麼意思？」

「沒事，自言自語……——先不說那些，晶，妳不換一個願望嗎？」

「咦？換一個？」

「因為妳這次很努力，我想送個禮物給妳啊。有什麼想要的東西嗎？」

「什麼！老哥，你要送我禮物嗎！」

「是啊，只要不是太貴的東西……對了，下個月發售的『終武3』怎樣？」

「我已經訂好首賣限定版，有附中澤琴公仔的版本了耶～……」

……真有一套呢。

晶稍微思考了一下，然後仰望我。

「既然如此，『羅密歐』，你願意跟我共舞一曲嗎？」

「呃……共舞……？」

「我、我亂說的啦～！我試著學茱麗葉講話，但剛才說的還是算了！我在說什麼啊！啊哈哈哈～……我還是想想別的——」

晶又開始思考了，所以我輕笑一聲牽起她的手。

「啊，老哥，我的手——」

「晶，來跳舞吧！」

「咦咦！」

「來吧，反正大家都在那裡跳。」

「是這樣沒錯……可是可以嗎？」

「我沒有羅密歐那麼帥，如果妳不嫌棄就來跳吧？」

「老哥……」

「果然不要？」

「不會，我很高興……」

於是我們彷彿受到盛大燃燒的火焰引導，來到營火邊。

似乎有幾個學生知道我們就是飾演羅密歐和茱麗葉的人，他們看著我們竊竊私語，不知道在說些什麼。

不過我和晶都不在意。

現在我們在意的，恐怕只有自己和對方……

我們不發一語凝視著對方，音樂正好在這個時候變成步調較緩慢的曲子。

晶緩緩靠近，然後直接把頭埋進我的胸膛。我的心跳聲一定被她聽見了。

但晶一句話都沒說，就這麼配合我的動作移動她的身體……但——

「好痛！晶，不要踩我的腳啦！」

「你、你才不要踩我！好痛——！」

——根本一點情調都沒有……

我在無奈的同時，直盯著晶看。

「晶……」

「幹嘛，老哥？」

「今年的花音祭玩得開心嗎？」

「嗯！」

看到滿臉的笑意，我就心滿意足了。

儘管在人前跳舞，她給人的感覺卻像在家跟我相處一樣。

晶怕生的毛病大概沒問題了。

「老哥呢？你玩得開心嗎？」

「開心啊。多虧有妳，變成最棒的回憶了。」

我笑著這麼說完，晶的臉在營火的照耀下變得更紅了。

「真是的……老哥你這種個性！不要面不改色說這種話啦……討厭！」

後來有好一段時間，我們都面帶笑容看著彼此，並小心不要踩到對方的腳，就這麼持續跳著生硬的舞步。

10 OCTOBER

10月23日（六）

寫太多了。手好痛……

不過我還有很多想寫的事！

總之先寫公演後發生的事。

聽說天音準備的問卷結果，正式被當成戲劇社的實際成績，所以不會廢社了！太好啦～！

對了對了，我決定加入戲劇社！陽向也會一起——！

怕生的毛病感覺也沒那麼嚴重了，所以我要跟和紗她們一起繼續演戲，然後跟爸爸一樣完全克服怕生的毛病。

反正哥哥也會一起，我也很憧憬跟喜歡的人一起玩社團，好高興喔。

陽向嘴上雖然那麼說，被上田學長揹著走看起來還是很開心。

害羞的陽向好可愛。我也要向她看齊，叫老哥再多揹我幾次！

最後要寫的是讓我心動而亡的事件。

老哥牽著我的手說要跟我跳舞……

啊啊，我不行了。一回想起來就會開始傻笑。

被老哥那麼積極進攻，我一句話都說不出來了。

我止不住笑意。好喜歡、好喜歡他，這下慘了……

既然讓我萌生了這麼強烈的愛意，

你一定要好好

負責到最後喔——！

後記

Jitsuha imouto deshita.

大家好，我是白井ムク。這是《其實繼妹》第二集的後記。

首先來說說第一集發售後的改變，其實我本身的心境變化反而比周遭還大。

眾多讀者寫了非常棒的感想和粉絲信支持我，被各位這些加油聲鼓舞，每天都不忘自己是多虧各位才能寫作的感謝之情，未來也會繼續努力——抱著這樣全新的心情，提筆挑戰第二集。

那麼本集的內容是校慶，而且還是以演戲為主題寫下涼太和晶的改變。

看到這個突如其來的發展，想必各位都很驚訝，不過極度怕生的晶居然挑起大樑，飾演《羅密歐與茱麗葉》的主角羅密歐。想當然耳，涼太那麼重視晶，即使迷惘，最後還是決定從旁輔助晶。

多虧涼太的幫忙，晶慢慢產生改變，同時涼太也透過晶和身旁的人逐漸改變。第一集就登場的上田兄妹、真嶋夫妻、姬野建等人不必說，再加上新登場的西山和紗與伊藤天音這些戲劇社的成員，也影響兩人的關係。

在第一集當中涼太和晶之間的距離已經靠得很近，不過仍勉勉強強維持在平行線。他們兩人是兄妹關係，也可以說是未達戀人的關係，雙方之間存在著一條無法跨越的線。在這個狀況下，他們將透過花音祭，一點一滴但確確實實縮短雙方內心的距離。

令人焦急又笨拙。然而溫柔、甜美又尊貴——我身為作者，感覺就像看著自己的小孩，在心跳加速和心驚膽顫之中描寫兩人緩慢成長的模樣。涼太和晶已經離開作者的掌心，兩人一起往前邁進了。希望各位讀者今後也溫柔地守護他們變成一對情侶的這段過程。

本集也提到了上田兄妹的過去和關係。光惺原本是童星，陽向國中時期也曾是戲劇社的成員，各位讀者能藉由本集稍微知曉在第一集沒有詳述的他們。

不過涼太和上田兄妹邂逅的契機是什麼呢？還有，涼太和晶是繼兄妹，陽向和光惺則是親兄妹……這兩對兄妹的未來會如何發展呢？

今後我想將這些寫出來，所以還請各位未來繼續支持這部《其實繼妹》。

以下是謝詞。

第二集也多虧許多人的支持和協助，才得以問世。

竹林責任編輯，總是給您添了很多麻煩，心中抱著許多愧疚。即使如此，您還是溫暖地支持，我打從心底感謝您。以Fantasia文庫編輯部的各位為首，還有出版業界的各位、所有販賣的店家，與各方相關人士，在此誠摯致上十二萬分謝意，往後也麻煩各位多方提拔了。

負責插畫的千種みのり老師，感謝您這次也提供了非常精湛的插畫。本集出現了各種情境與服裝，想必給您帶來莫大的負擔，但您還是交出了非常精美的插畫，我對您只有感謝。另外，以負責ＹｏｕＴｕｂｅ漫畫的壽帆老師為首，以及所有畫了加油圖的繪師、同意作品合作插圖的各位作家，我的心中對您們有無盡的感謝。

製作宣傳影片的各位工作人員，還有負責替男孩子氣的晶配音的內田真禮小姐，我也要向您們致上誠摯的謝意。

結城カノン老師，感謝您這次也溫柔地替我加油，我由衷感到開心。希望我們以後能繼續製作美好的作品。

還要感謝支持我的各位家人。謝謝你們平時的照顧。未來也會為了你們，盡全力努力下去。

最後是支持本作、本系列的各位讀者，由衷感謝各位，同時也衷心祈禱所有與本作相關的人們幸福美滿。僅以這些簡單的言詞聊表謝意。

於滋賀縣甲賀市滿懷著愛意。

白井ムク

國家圖書館出版品預行編目資料

其實是繼妹。：總覺得剛來的繼弟很黏我/白井ムク作；楊采儒譯. -- 初版. -- 臺北市：臺灣角川股份有限公司, 2023.05-

冊；　公分. -- (Kadokawa fantastic novels)

譯自：じつは義妹でした。～最近できた義理の弟の距離感がやたら近いわけ～

ISBN 978-626-352-535-1(第2冊：平裝)

861.57　　　　112003832

Kadokawa
Fantastic
Novels

其實是繼妹。～總覺得剛來的繼弟很黏我～ 2

（原著名：じつは義妹でした。 2 ～最近できた義理の弟の距離感がやたら近いわけ～）

2023年5月25日 初版第1刷發行

作　　者：白井ムク
插　　畫：千種みのり
譯　　者：楊采儒
發 行 人：岩崎剛人
總 編 輯：蔡佩芬
編　　輯：楊芫青
美術設計：莊捷寧
印　　務：李明修（主任）、張加恩（主任）、張凱棋

發 行 所：台灣角川股份有限公司
地　　址：104台北市中山區松江路223號3樓
電　　話：（02）2515-3000
傳　　真：（02）2515-0033
網　　址：www.kadokawa.com.tw
劃撥帳戶：台灣角川股份有限公司
劃撥帳號：19487412
法律顧問：有澤法律事務所
製　　版：巨茂科技印刷有限公司
ＩＳＢＮ：978-626-352-535-1

※版權所有，未經許可，不許轉載。
※本書如有破損、裝訂錯誤，請持購買憑證回原購買處或連同憑證寄回出版社更換。

JITSU HA IMOUTO DESHITA. Vol.2 ～SAIKINDEKITA GIRI NO OTOUTO NO KYORIKAN GA YATARA CHIKAIWAKE～
©Muku Shirai, Minori Chigusa 2022
First published in Japan in 2022 by KADOKAWA CORPORATION, Tokyo.
Complex Chinese translation rights arranged with KADOKAWA CORPORATION, Tokyo.